매일 귀여움

수바코 지음

amStory
All about Making Story

안녕하세요, 수바코입니다.

수바코는 '바코'와 '코코'가 함께 운영하고 있습니다.

『매일 귀여움』은 코코가 써내려간 글이지만

바코와 코코 모두의 이야기입니다.

(책 속에서 언급되는 '나'는 코코를,

'우리'는 바코와 코코를 의미합니다)

PROLOGUE

매일매일 귀여운 것들과 함께하고 싶은,

비슷한 취향의 사람들이 수바코에 모인다.

카운터에 앉아있으면

“귀여워”, “귀여워” 하는 말들이

메아리처럼 들릴 때가 있다.

나도 몰래 웃음 짓게 되는 귀여운 순간이다.

귀여운 물건,

귀여운 손님,

귀여운 순간.

수바코는 언제나 귀여움으로 가득 차있다.

차 례

PROLOGUE

CHAPTER 1

수바코

CHAPTER 2

수바코와 친구들

CHAPTER 1

수바코

SUBACO

QUEST

귀여운 여행

빈티지와 그림에 한창 빠져있던 시절, 함께 그림책을 그리던 동기들과 '볼로냐 아동 도서전'에 참가하게 됐다. 일행 중 막내였던 터라 발 벗고 나서서 비행기 표와 숙소를 알아봤다. 스스로 계획했던 첫 해외여행이자 유럽 여행의 시작이었다.

스마트폰이 없던 시절이었기에 여러 권의 책과 잡지, 지도 등을 모아 여행을 준비했다. 지도를 들고 저렴하고 깨끗한 숙소, 현지인들이 자주 가는 가성비 좋은 식당을 찾아다니던 발걸음은 아직도 생생하다. 조금은 불편하지만 그 시절의 여행은 나름의 아날로그적인 매력이 있었다. 이때 배운 많은 것들이 여행의 기술이 됐고, 직접 발품을 판 덕분에 더 많은 추억을 남길 수 있었다.

지금은 여행에 필요한 정보들을 인터넷으로 찾아 저장했다가 여행이 끝나면 삭제하고 말지만, 오래전 여행을 준비하며

찢어두었던 여행책 페이지들과 꼬깃꼬깃한 지도들은
추억이 되어 버리지 못하고 간직하게 된다.
여행이란 늘 계획대로 되지 않지만 한 번 다녀온 경험은
다음 여행을 더 쉽게 떠나게 만드는 힘이 된다.
여행을 가기 위해 돈을 벌고, 다시 떠나기 위해 돌아오기를
반복하던 일상, 여행지에서 만나는 재미난 일들과 낯선 곳에서 만난
물건의 매력에 빠졌던 시절이 지금의 우리를 만들었다.
소소하고 귀여운 것들을 만나는 여행,
모든 여정은 그곳에서 시작됐다.

KRËFEL
KRËFEL
ZEBRA
ZEBRA

"Oh my goodness, -
the Englishman has done a
BRILLIANT job in quoting
me, Piglet & the gang -
WHAT A TALENT!!"
HAVE ANY QUOTE
PUT ON A 'WINNIE'
PERSONALIZED WHILE YOU WAIT
WITH BIRTHDAY NAME!!
HAPPY BIRTHDAY
Tip and Mitten

SODA POP
Stacie
Surprise! Jewelry
Happy Meal
Stacie
LORUS QUARTZ
LORUS QUARTZ
Fun
me!
Special Edition
Holiday Season Barbie
CLASS OF 19
GRADUATION
Barbie
Play Set
playmobil
SYSTEM
Super Deluxe

빈티지를 찾아서

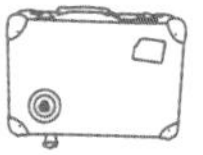

첫 유럽 여행은 고작 일주일이었다.

짧은 일정이었지만 도서전 참가 외의 거의 모든 시간을 플리마켓과 빈티지숍을 다니는 데 할애했다. 그 일주일의 경험이 헤어날 수 없는 매력이 되어 다음 유럽 여행은 무려 45일 일정으로 떠났다. 여행의 목적은 단 하나, 빈티지숍과 플리마켓 정복이었다. 연애 중이던 우리는 배낭을 매고 함께 떠나기로 했다.

둘이서 처음 떠나는 유럽 여행이었다. 일본을 경유해 영국, 프랑스, 벨기에, 네덜란드, 독일, 이탈리아, 스페인, 포르투갈까지 이어지는 45일간의 일정이었다. 돈이 부족했기에 저렴한 야간열차로 14시간을 앉아 국경을 넘기도 하고, 호스텔 조식에서 얻은 빵과 과일로 점심을 때우기도 했다. 가끔은 마트에서 재료를 사 직접 요리해 먹기도 하고 가져간 드리퍼로 커피를 내려 마시기도 했다.

숙소 또한 저렴한 호스텔과 카우치 서핑*을 이용했다.
우리가 가고 싶었던 현지 빈티지숍들은 인터넷에 검색해봐도 정보는 전무했다. 그럴 땐 현지인의 도움과 정보밖에 기댈 곳이 없는데, 숙소에서 만난 외국인 친구들이 큰 힘이 됐다.
여행에서 만난 수많은 빈티지숍과 플리마켓을 둘러보며 우리가 사는 세상이 얼마나 넓고, 스토리를 가진 상품들은 또 얼마나 많은지, 그리고 여행만이 줄 수 있는 인생의 선물이 있다는 것을 알게 됐다. 그렇게 우리는 여행을 거듭할수록 좀 더 깊이 있는 빈티지 여행을 배워갔다.

*카우치 서핑(Couch surfing)은 배낭여행자들을 위한 소셜 네트워크로서 커뮤니티를 이용해 여행 시 필요한 숙박이나 가이드를 제공받을 수 있는 시스템이다. 게스트인 '서퍼(Surfer)'가 여행 목적지의 회원들에게 '호스트(Host)'를 요청하면, 호스트는 서퍼의 자기소개서를 검토한 후 교류하고 싶은 서퍼를 선택해 숙박 혹은 가이드를 제공한다.

5E20670

HELLO KITTY

여행에서 만난 다정한 친구

카우치 서핑으로 만난 벨기에 친구 댄. 그의 집에 갔을 때, 외국 영화에서나 보던 집을 직접 눈으로 처음 마주하니 모든 게 신기했다. 단정하지만 우아한 거실 인테리어, 오래된 책과 카펫의 내음은 편안함을 줬고, 짙은 나무색의 가구들은 묵직한 안정감을 줬다. 우리는 다락방에 앉아 석회가 가득 낀 티포트에 끓인 커피와 함께 갓 구운 와플을 맛있게 먹고, 다락방과 이어지는 옥상에서 사진을 찍고 놀았다. 또 댄의 친구들과 함께 그들의 아지트에서 그림을 그리고, 음악을 듣고, 디제잉을 하며 로컬 문화를 자연스럽게 즐길 수 있었다. 벨기에의 다양한 문화 공간들을 댄과 함께 둘러보며 추억을 쌓았는데, 그가 안내해주는 벨기에 빈티지숍, 리사이클숍에는 한국으로 갖고 오고 싶은 물건들이 가득했다. 마음에 드는 타자기, 그릇 등 다양한 제품들을 발견했지만 가져오기에는 무겁고 깨질 위험이 있어 포기했던 것이 두고두고 마음에 후회로 남았다. 그때는 그런 물건을 발견해도 한국에 어떻게 가져와야 하는지조차 몰랐는데, 지금은 수입통관을 매주 하고 있으니 스스로가 새삼 놀랍다. 외국인 친구들은 대부분 댄처럼 카우치 서핑으로 맺어진 인연이다. '세이코'의 경우는 조금 다르지만 말이다. 호스트를 취미로 하던 한 일본 친구가 있었다. 서로의 여행길에 호스트를 해주며 돈독해져, 우리가 일본에 갈 때나 그 친구가 한국에 올 때 만나곤 했었다. 한번은 그 친구가 약속에 '세이코'라는 친구와 함께 나왔다. 이후 우리는 세이코와 오히려 더 가까워져 일본에 자주 가곤 했다. 그때마다 세이코는 빈티지와 귀여운 것을 좋아하는 우리에게 도쿄의 아기자기한 숍들과 세컨핸드숍 등 구석구석 소중한 보물창고들을 알려줬다. 우리는 한국과 일본을 오가며 눈물 날 정도로 재밌는 추억들을 많이 만들었다.

수바코의 첫 진열장은 현지인이 아니면 알 수 없는 작은 골목의 빈티지 소품숍들을 소개해준 다정한 외국인 친구들 덕분에 가득 찰 수 있었다.

OYASAI
JOURNEY
JOURNEY
Mellow Days
freckle
봄,소풍

종이 수집가

여행 후 가방에는 언제나 종이가 한가득이었다. 열차 승차권을 비롯한 다양한 입장권들, 바게트가 담겨있던 종이봉투, 플리마켓에서 산 케케묵은 동화책, 현지 작가의 핸드 드로잉 엽서, 빈티지 성냥갑, 심지어 식당 직원이 써준 영수증까지 작고 귀여운 종이들이 넘쳐났다. 아기자기한 것을 좋아하는 사람이라면 어딘가를 다녀온 흔적들을 수집하는 나의 마음을 이해할 거다. 여행의 흔적들은 모아두면 사진보다도 생생한 추억이 된다. 그렇게 추억을 버릴 수 없어 싸 들고 왔던 종이들을 하나하나, 차곡차곡 모아 작은 책을 만들었고 그 책을 바탕으로 전시를 기획해 '소소하다'라는 종이 콜라주 작업도 진행했다. 바코와 나는 이사할 때마다 그 작은 책과 함께 종이들을 꺼내보며 둘이서 작은 추억 여행을 떠난다. 우리 둘만의 소소하고 귀여운 추억들이다.

PARIS

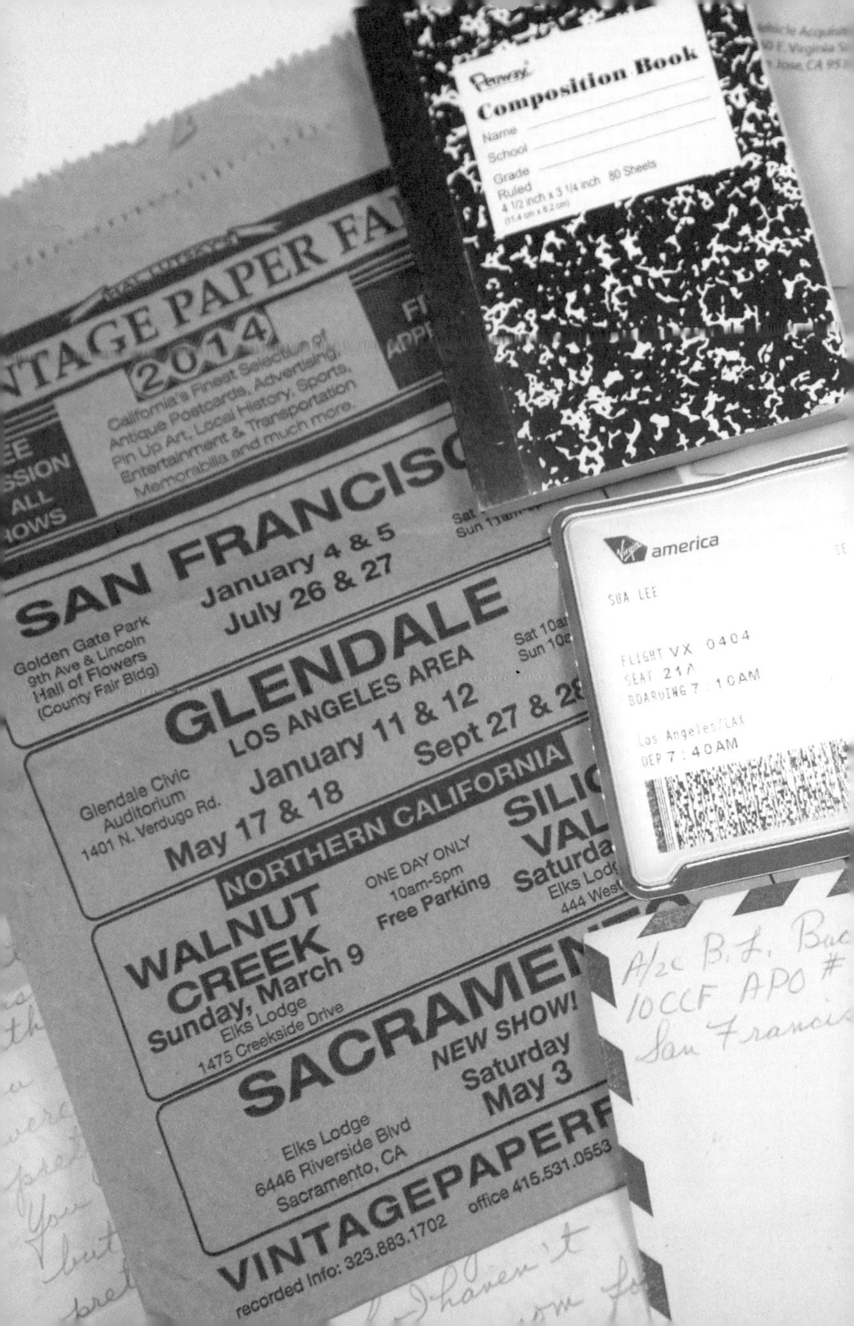

NTAGE PAPER FA
2014
California's Finest Selection of Antique Postcards, Advertising, Pin Up Art, Local History, Sports, Entertainment & Transportation Memorabilia and much more.
EE
SSION
ALL
HOWS
SAN FRANCISC
SAN FRANCISCO
January 4 & 5
July 26 & 27
Golden Gate Park
9th Ave & Lincoln
Hall of Flowers
(County Fair Bldg)
GLENDALE
LOS ANGELES AREA
January 11 & 12
Sept 27 & 28
May 17 & 18
Glendale Civic
Auditorium
1401 N. Verdugo Rd.
NORTHERN CALIFORNIA
WALNUT
CREEK
Sunday, March 9
Elks Lodge
1475 Creekside Drive
ONE DAY ONLY
10am-5pm
Free Parking
SACRAMEN
NEW SHOW!
Saturday
May 3
Elks Lodge
6446 Riverside Blvd
Sacramento, CA
VINTAGEPAPERF
recorded Info: 323.883.1702
office 415.531.0553
Composition Book
Name
School
Grade
Ruled
4 1/2 inch x 3 1/4 inch 80 Sheets
america
SUA LEE
FLIGHT VX 0404
SEAT 21A
BOARDING 7:10AM
Los Angeles/LAX
DEP 7:40AM
A/2c B. L. Bu
10 CCF APO #
San Franci

PRSRT STD
AUTO
U.S. POSTAGE PA
MAILED FROM ZIP C
95060
PERMIT NO. 174
SYSCO CORPORATION, HOUSTON, TX
TAKE ORDER
LEFT TO RIGHT —
CLOCKWISE
SERVER
Date
Table
Guests
Server
204
APPT – SOUP/SAL – ENTREE – VEG/POT – DESSER
1 Food
2
3
4
5
6
7
8
9
10
11 Bar
12
13
14
15
16
Thank You!
Bar Total
Food Total
Subtotal
Tax
Total
Date
Amount
Guests
dill-buttons
1626
$1.25
US AIR MAIL
DEC 1 1958
PAR AVION VIA AIR MAIL CORREO AEREO
B.F. Buchanan
W. Buttonwood St
Penn Village
Pottstown, Penna.

수바코엔 엽서나 메모지 등이 다양하게 있는 편인데,

아마도 종이의 질감 자체를 좋아하는

취향 때문인지도 모르겠다.

종이의 느낌, 냄새, 일러스트, 색감 등은

늘 나를 설레게 한다.

–

여행에서 얻은 종이들은 이국적인 느낌이 있다.

여행지에서 둘둘 말아준 포장지 하나하나

여행의 추억을 되새길 수 있고,

벽에 장식할 수 있는 또 다른

빈티지 아이템이 되기도 한다.

ヤンマ
コンバイ
安全に気をくばろう　操作
ヤンマー農機株式
SATO
ストラップ

THINK YOUR SMILE

플리마켓 이야기

시장을 좋아한다. 방산시장, 남대문시장, 동대문종합시장 말고도 야시장, 플리마켓 등등 다양한 시장을 좋아하는 편이다. 그곳들이 익숙하고 편한 이유는 어쩌면 시장에서 자랐기 때문인지 모른다. 어린 시절 대부분의 시간을 아빠의 비디오 가게에서 보내며 시장에서 장사를 하시던 할머니를 도와드리던 내게 시장과 상인들, 그곳의 소음은 내가 자라온 풍경과 닮아있다.

수바코를 오픈하기 훨씬 전부터 중고나 빈티지 제품을 좋아했던 나는 잘 사고, 잘 파는 사람이었다. 그러니 각종 플리마켓에 가는 건 취미이자 특기일 수밖에. 카페를 운영하면서도 주말마다 마켓에 나가 장사를 하면서 카페 월세를 벌었다. 주먹구구식으로 마켓이 아닌 데에 나선 적도 많다. 다마스에 가득 물건을 싣고 여의도 벚꽃축제에 가기도 했다. 뭐라도 팔아보겠다고 무작정 덤벼든 우리에게 허락된 자리는 없었다. 계속 자리를 못 잡고 뱅뱅 돌기만 하다가 결국 손님과 만난 시간은 2시간도 채 안 됐다. 한번은 지하철역 앞에 나가 자리를 잡고 노점으로 2시간 남짓 물건을 팔았는데, 너무 잘 팔려서 다음 날도 나갔다가 주변 점포들의 텃세에 쫓겨난 적도 있었다. 또 다마스를 몰며 노점에서 장사를 하다가 불법 주차 단속에 걸려 그날 번 돈을 벌금으로 다 날리기도 했다. 그러다 우연한 기회로 서울의 유명한 플리마켓 중 하나인 이태원 '계단장'에 나가게 되면서 마켓에 대한 의지가 불타올랐다. 워낙 많은 사람들이 참여하는 마켓이다 보니 자리를 선점하는 일도 만만치 않았다. 자리 선점부터 판매자들끼리의 경쟁까지 신경 쓰다보면 지칠 때도 많았지만, 장사가 잘되면 몸이 힘든 건 얼마든지 참을 수 있었다. 가끔 장사가 잘된 날이면 계단장을 마치고 돌아오는 길에 너무 행복하다고 노래를 부르기도 했으니까.
젊은 시절 중 우리가 가장 빛나던 시절이 아닐까 싶다.
계단장을 나가면서부터 카페를 운영하는 것보다 주말에 마켓에 나가서 우리 물건을 좋아하는 사람들을 만나면서 돈을 버는 게 적성에 더 맞는 것 같다는 생각이 들었다. 물론 허탕을 치며 아쉽게 발걸음을 돌리는 날도 많았지만, 취향이 비슷한 사람들과 마주하다 보면 힘이 났고, 우리가 고른 물건을 좋아하는 모습을 보면 뿌듯했다. 우리는 계단장에서 만난 사람들을 보며 작은 꿈을 꾸게 됐다. '우리와 같은 생각, 같은 취향을 가진 사람들, 그들이 많이 모인 곳으로 가고 싶다'고 말이다. 그리고 그들에게 우리가 고른 물건을 소개하고 싶었다. 그렇게 우리의 작은 바람이 모여 수바코가 문을 열게 됐다.

FUTURE WARRIOR
未来战士
4WD

FOCUS
FOCUS
STORAGE
BOX
AMERICA

SUBAC
SUBACo
CLUB

망원동,
작고 귀여운
동네

망원역을 지나, 망원시장 너머, 한강이 나오기 전.
희우정로와 포은로의 조용한 골목에는 신경을 기울이지 않으면
있는지 없는지도 모를 군데군데 손짓하는 작은 가게들이 있었다.
지금은 상상할 수 없는 옛날 망원동의 모습이다. 그림이 안 그려질
때마다 놀러 가던 그 시절의 망원동은 그림학교 언니들의 작업실이
있던 동네이기도 했다. 나의 첫 그림책에서 가장 중요하고 또 가장
그리고 싶었던 장면도 이곳에서 나왔을 정도로 추억이 많은
동네였지만 바쁜 일상에 잠시 잊혀졌다가 다시 오게 됐다.
홍대 근처지만 한적해 산책하기 좋은 동네였고, 저렴한 물가를
자랑하는 동네, 좋아하는 가게들이 모여 있던 동네였다.
자주 들르던 가게의 주인들과 골목길에서 소녀들처럼 웃고 떠들며
소소한 하루하루를 보내던 시절이 있었다. 그렇게 우리는 평범한

이웃에서 친구가 됐다. 그 친구들의 영향으로 망원동을 우리의 새로운 터전으로 삼았다.

그로부터 2020년. 망원동은 많은 사람들이 찾아오는 유명한 동네가 됐지만, 동시에 떠나가는 사람들도 많아졌다. 결국 수바코가 있던 골목에는 오래된 카페 하나와 우리만 남게 됐다. 주인이 두 번이고 세 번이고 바뀐 가게들이 많아졌다. 건물주의 횡포로 쫓겨난 가게도 있었다. 우리 역시 떠날 생각이 없었던 건 아니다. 그러나 지금은 계속 이 자리를 지킬 생각이다.

촌스럽지만 귀여운 폰트의 미용실과 수선집 간판도 마음에 들고, 오래된 집들의 풍경과 '필요하신 분 가져가세요'라는 친절한 메모와 함께 버려진 쓸 만한 가구들이 있어 좋다.

이 동네에 많은 변화가 찾아왔어도 아직 우리는, 망원동에 있다.

SUBACO
당기세요
당기세요
당기세요

수바코의 시작

가게 이름을 짓기 전 명확한 기준을 세웠다. 무조건 세 글자에, 받침이 없을 것! 어떤 뜻을 가졌는지 의미도 중요하지만, 더 중요한 건 쉽게 기억하고 다시 찾아오고 싶은 가게 이름이어야 한다고 생각했다. 고민 끝에 우리 두 사람의 별명을 조합해 '수바코'라고 지었다. 이름을 짓고 보니 수바코는 일본어로 '새의 집, 상자'라는 예쁜 뜻을 가지고 있어 더욱 안성맞춤이었다.

수바코를 막 오픈했을 당시에는 망원동에 유동 인구도 없는 상태였다. 우리는 일반적인 가게 운영으로는 홍보가 쉽지 않아 '인스타그램'을 창구 삼아 부지런히 수바코를 알리고 물건들을 소개했다. 가게 운영 시간은 보통 오후 3시부터 저녁 7시까지, 가끔은 오후 4시에 열 때도 있었다. 아주 완벽한 오픈 시간이었다. 하루 종일 가게를 지켜야 했던 이전 사업의 후유증으로 이번에는 천천히, 여유를 갖고 즐기면서 운영하기로 했다. 수바코를 열기 전 우리는 5년 동안 카페를 운영했었다. 지금이야 웃으면서 이야기할 수 있지만 카페를 운영한다는 건 정말 힘든 일이었다. 하루 종일 카페에 매여있어도 매출이 안 나와 주말마다 보부상처럼 플리마켓을 다니며 월세를 벌었고, 가게를 마감한 후에는 가끔 들어오는 그림 작업도 병행했다. 안되는 사업은 하루빨리 접어야 하거늘, 어렸던 우리는 가게를 접는 법도 몰라 계속 적자를 안고 운영하다 지쳐만 갔다. 그래도 플리마켓에 나가면서 우리가 나아가야 할 방향을 조금씩 알게 됐다. 그 시절은 분명 힘들었지만, 우리가 살아갈 수 있는 힘을 준 시간이다. 그때의 경험 덕분에 수바코를 오픈하고 진짜 행복을 느끼게 됐다.

수바코와 함께하는 동안 어렵고 힘든 순간은 종종 찾아왔다. 하지만 한순간도 빠짐없이 행복했다. 즐기면서 하는 일이었기에, 우리는 하루하루 기쁜 마음으로 일할 수 있었다. 그리고 가게에 하루 종일 묶여있었던 카페와는 달리 시간을 유동적으로 활용할 수 있어 삶의 여유도 생겼다. 그렇게 느긋하게 망원동의 슬로우 라이프를 즐기며 숨을 고른 우리는 조금씩 다시 마음을 다잡았다.

매장 오픈 시간을 오후 1시로 당겨 영업시간을 늘리고, 수바코 인스타그램에도 더 많은 정성을 쏟았다. 우리의 노력 덕분인지 고맙게도 손님들이 꾸준히 찾아와주셨다. 수바코는 점점 물건이 많아졌고, 매출이 올라갔으며, 어느 정도 자리를 잡을 수 있었다. 그즈음 망원동 역시 유동 인구가 늘고 주변 상권이 서서히 살아나기 시작했다. 그러면서 정말 많은 분들이 작은 수바코를 찾아주셨다.

SERVICE

G.P.K
リスのプラスチック
スバコ
サトちゃん&サトコちゃん

수바코의 콘셉트

"이곳에 딱 들어왔을 때, 잠깐 여행온 느낌이 나게 하자."

이국적인 공간의 매력을 느끼게 하는 게 우리의 콘셉트였다.

우리가 유럽이나 미국, 일본, 태국으로 여행을 갔을 때 느꼈던 특유의 냄새와 분위기 또는 우연히 들어간 작은 소품숍에서 느꼈던 그 느낌과 기분을 조금이나마 수바코에 담을 수 있다면 좋을 것 같았다. 작고 아기자기한 수바코의 세계에 잠시 빠졌다가 다시 문을 열고 나가면 현실 세계가 되는, 그런 공간이 될 수 있기를 바랐다.

PEANUTS

The Room
24
VIDEO

Chupa Chups

빈티지 인형들
VINTAGE DOLLS

① 양배추 인형

②

② 마들렌 인형

③ 빨간 스웨터를 입은 켈리

③

수바코
2호점 오픈

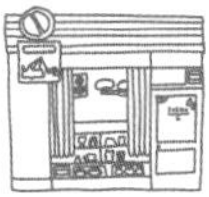

작고 귀여운 물건들로 포화 상태인 수바코 1호점. 그렇다고 가게를 늘릴 생각은 전혀 없었는데 지인이 운영하던 가게를 우연한 기회에 이어받게 됐다. 망원동 대로변에 위치해 1호점보다 위치는 좋았지만 공간의 크기는 더 작았다. 계획했던 일은 아니기에 작은 공간이 부담도 덜 될 거 같아 덜컥 계약을 했다. 빈티지 간판을 구해 직접 수리해 달고, 시트지도 작업해 붙이고, 소목장세미님과 집기를 함께 제작하고, 아껴둔 조명도 달았다. 그렇게 열심히 준비해 작은 마켓을 열 듯 2호점의 문을 열었다. 수바코 매장 중 가장 깔끔하고 정리정돈이 잘 되어있는 2호점에는 우리가 엄선한 작가님들 작품 위주로 채워두었다. 다른 수바코 매장에 비해 대중적인 제품들이 많아 주말이면 매장에 사람이 꽉 찰 정도로 인기가 많아졌다. 작은 공간이었던 2호점은 오픈하자마자 원래부터 수바코 매장이었던 것처럼 자연스럽게 복작복작한 공간이 됐다.

LG
SUBACO
HONDA

アンパンマン
フリーザーポット
CALENDAR
8
SUBACO
パン

ラムネ

홍대
수바코 3호점

'홍대 부근에 수바코 매장을 열게 된다면?'

생각만으로도 꿈 같은 일이었다. 어릴 적 빈티지를 좋아하면서 자주 갔던 홍대거리에 멋진 가게가 있었다. 당시 나에게 놀이동산과 같았던 그곳의 화려한 인테리어와 과감한 셀렉빈티지 상품들은 어디에서도 보지 못한 이국적인 느낌을 주었다. 오랜 시간 동경했던 그 가게와 우리가 다시 인연이 닿게 될 줄 누가 알았을까? 이후 그 빈티지숍을 운영하던 주인 언니는 제주도로 이주했는데, 인연이 이어져 그 언니를 다시 만나게 됐다. 그리고 마치 운명처럼 그 가게 자리의 주인을 찾고 있다는 얘기를 들었다. 어린 시절의 꿈과 같았던 바로 그 자리에 수바코를 열 수 있는 기회였다.

사실 그때 수바코 2호점을 계약한 직후였기에 조금 부담이 되는 시기였다. 그럼에도 공간 자체가 빈티지인 데다가 새로운 목표가 될 수 있는 장소였기에 무리를 해서라도 도전하고 싶었다. 결국 우리는 대출을 받아 계약을 진행했고, 그렇게 홍대에 수바코를 열었다.
오래된 집에 있는 귀여운 공간을 꿈꾸던 우리는 자연스럽게 인연이 운명이 되어 홍대점을 시작할 수 있게 됐다. 우리가 원하는 이상적인 공간에서, 그것도 8평짜리 작은 곳에서 15평 규모로 넓혀가다니, 마치 꿈을 이룬 거 같았다.
오픈 경험치는 충분했다. 카페부터 공사 경험이 많아 공사의 일부분을 셀프로 진행하는 게 익숙할 정도였다. 물건은 속속 채워졌고 우리 스타일대로, 수바코스럽게 일주일 만에 수바코 3호점을 오픈했다.

*현재 홍대 수바코 3호점(서울 마포구 와우산로37길 46)으로 이전하기 전 구 홍대 수바코 3호점(서울 마포구 와우산로153)에 대한 이야기이다. 파란 대문의 홍대 수바코 3호점은 현재 운영하고 있지 않다.

愛犬の完全食
スマック
SMACK
Dog Food
スバコ
...WE ARE

男湯
ゆ
スバコ

수바코 인테리어

카페를 운영할 때 깨달았다. 인테리어에 큰돈을 쓰면 안 된다는 것을. 그렇다고 자린고비처럼 허리를 졸라매고 무조건 인테리어 비용을 줄여야 한다는 건 아니다. 적당한 선에서 가성비를 따져가며 투자하는 게 중요하다. 처음 카페를 열 때는 아주 멋지고 근사한 인테리어를 하고 싶은 마음에 멋모르고 큰돈을 대출받았다. 몰라서 벌인 일이었다. 사업이라는 것은 모르면 큰 빚을 지게 된다는 뼈아픈 사실도 깨달았다. 요즘에는 누구나 쉽게 따라할 수 있는 다양한 인테리어 제품들이 잘 나오지만, 예전에는 그런 제품들이 없어 해외에서 어렵게 들여와야 했다. 수바코 1호점은 카페 때 진 빚 때문에 여유가 없어 가구만 몇 점 놓고 가지고 있던 소장품들을 팔았다. 그렇게 번 돈으로 조금씩 매장을 채우다 보니 어느 순간 좁은 매장은 더이상 채울 공간이 없는 빽빽한 숍이 돼버렸다. 인테리어라고 할 것도 없을 정도로 매장이 물건들로 꽉 차버린 것이다.

2호점은 그래도 이전보다 상황이 나았다. 좁은 공간이지만 제대로 해보고 싶은 마음에 소목장님과 함께 고심하며 매대와 카운터를 직접 디자인해 제작했다. 당시 우리는 빨리 오픈하고 싶은 마음에 뭐라도 채우자는 생각뿐이었다. 그래서 가게 곳곳에 빈티지 엘피LP를 올려두거나, 귀여워서 버리지 못하고 모아둔 패키징들을 벽에 슬쩍 붙여두기도 했다. 별생각 없이 내키는 대로 걸어둔 건데 다른 가게가 그 인테리어를 그대로 따라한 걸 보고 크게 웃은 적도 있다.

오래된 빈티지 가게를 물려받아 시작했던 구 홍대 수바코 3호점은 오래된 서까래와 기둥으로 만들어진 멋진 낡은 주택이었다. 구조상 빈티지한 느낌이 구석구석 남아있어 크게 손댈 곳이 없었고, 오래된 집이라서 수리가 필요한 부분들만 직접 수리하고 꾸몄다. 수바코 인테리어에서 늘 한몫하는 길에서 주운 가구들도 자기 자리를 찾아 배치했다. 나머지는 소장해온 빈티지 조명과 소품들로 꾸몄다.

매장을 열 때면 그동안 쌓아왔던 소장품뿐 아니라 인연들도 소환된다. 2호점 가구를 제작하신 소목장님이 3호점의 가구 몇 점과 작고 귀여운 간판을 제작해주셨고, 근처 철물점 아저씨가 전기 공사를 손봐주셨다. 이렇게 고마운 인연들과 함께 수바코의 인테리어는 완성된다.

サンキスト®
playmobil
TATA

Smart Time

뜻밖의 이사

홍대 수바코 3호점에는 오랜 지역의 명성 때문인지, 독특한 아이템에 열광하는 '마니아' 손님들이 많은 편이다. 나와 취향이 비슷한 손님들께 좀 더 다양한 제품들을 선보이고 싶은 욕심에 많은 제품들을 입고시키다 보니, 수바코 1, 2호점에 비해 두 배 정도 컸던 수바코 3호점은 넘쳐나는 제품들로 포화상태가 됐다.

구 홍대 수바코 3호점은 오래된 가정집을 개조해 비도 자주 새고 불안한 구석이 많았지만 빈티지 분위기가 물씬 나는 사랑스러운 곳이었다. 그런 곳에서 복작복작 운영한 지 2년째 되던 해에, 건물이 팔렸으니 조만간 나가달라는 청천벽력 같은 통보를 받게 됐다. 슬프고 황당했지만 하루빨리 해결해야 하는 현실적인 문제에 직면하게 됐고, 어떻게 해결할 수 있지를 고민하기도 전에 부동산을 먼저 찾았다.

일단 홍대 구석구석 우리가 이전할 장소를 보러 다녔다. 그러던 중

보러 가게 된 지금의 수바코. 보기도 전에 지하 공간이라는 설명에 손사래를 쳤다가 '그래도 한번 볼까?' 하는 호기심이 지금의 홍대 수바코 3호점을 만들게 됐다. 지하지만 꿉꿉하지 않았고, 넓고 탁 트인 공간이 마음에 들었다. 만약에 이전한다면 무조건 넓은 곳으로 가고 싶었던 마음이 있던 터라 탁 트인 40평이라는 공간은 우리의 꿈을 펼칠 수 있을 것 같았다. 앞으로 어떻게 될지는 모르겠지만 일단 우리가 할 수 있는 일부터 하나씩 처리하자라는 본능으로 계약을 하게 됐고, 홍대 수바코 3호점은 시즌2를 맞이하게 된다.

그렇게 수바코 3호점이 새롭게 이전한 곳은 경의선 책거리다. 지하지만 넓은 입구에 지하철역과 정말 가까웠다(급하게 구해서 지하철역과 가깝다는 사실은 계약이 다 끝난 후에야 알았다). 이번엔 제대로 우리의 홍대 수바코를 꾸며보자며 힘을 냈다. 기존의 홍대점에 비해 무려 두 배나 비싼 월세였기 때문에 내심 불안한 마음을 지울 수 없었지만, 우리 스태프들 월급이랑 월세는 낼 수 있을 거라며 호기롭게 계약했다. 우리는 그동안 공간이 좁아 할 수 없었던 것들을 이곳에서 맘껏 해보고 있다. 오래도록 이곳에서 수바코의 다양한 모습들을 보여드리고 싶다.

Hello Kitty
マグネット
WEL COME
SUBACO3
1시 오픈
-9시 마감
@_SUBACO3

愛犬の完全食
スマック
SMACK
Dog Food
スバコ

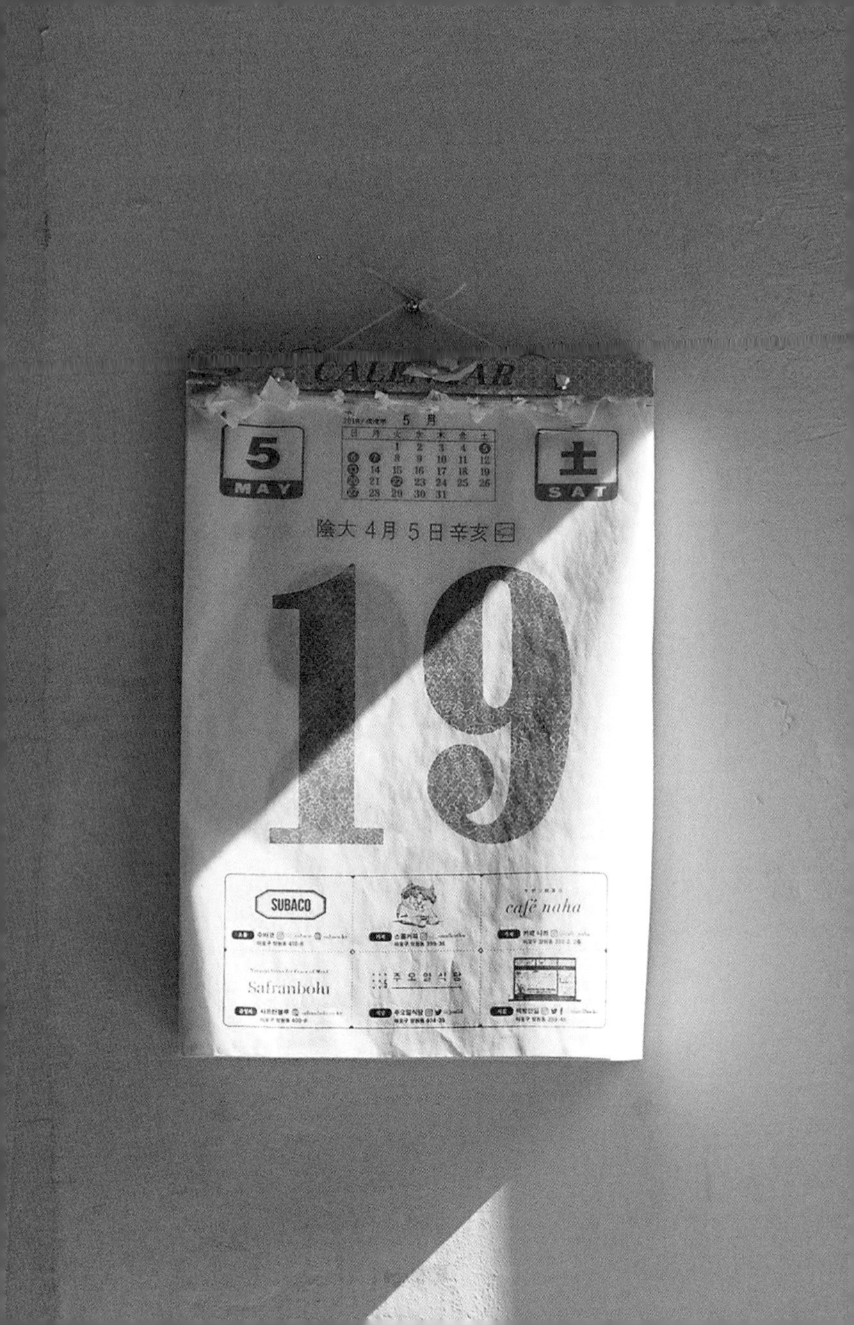
5
MAY
5 月
土
SAT
19
SUBACO
café naha
Safranbolu
주오일식당

수바코 3호점 인테리어 작업기

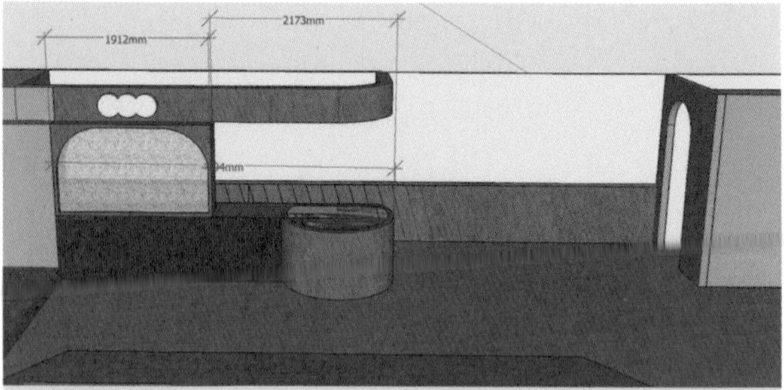
2173mm
1912mm

8941mm

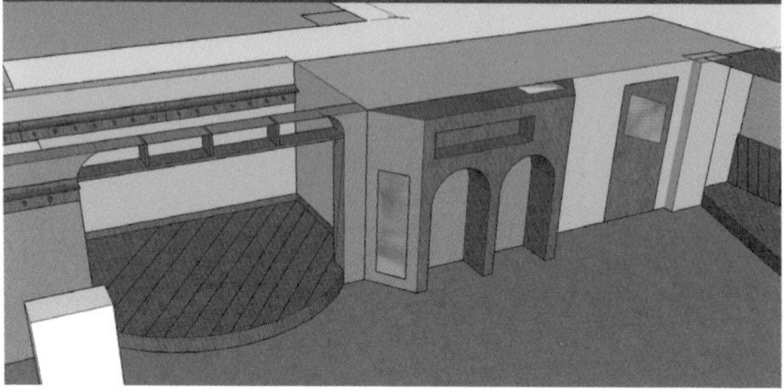

매장 오픈 초기. 가장 걱정을 많이 하는 시기이기도 하지만 가장 설레는 시기이기도 하다. 꾸며나가는 것에 대한 즐거움이 큰지라 인테리어 작업으로 한창 바쁠 매장 오픈 초기는 굉장히 재밌다. 수바코에게 40평이라는 큰 평수가 주어진 건 처음이었기에 어떻게 공간을 나누고 꾸밀지 고민하며 인테리어 생각에 분주했다. 다사다난했지만 우리의 손이 어느 때보다 듬뿍 담긴 새 홍대 수바코 3호점의 인테리어 작업기를 공유해보려 한다.

현재 수바코 3호점의 인테리어는 2호점의 가구를 맡아주셨던 소목장 세미님께 의뢰했다. 큰 평수라 견적이 만만치 않을 거 같아 걱정스러운 마음으로 우리의 인테리어 예산으로도 가능한지를 문의했는데 흔쾌히 승낙해주셔서 같이 작업하게 됐다. 운동장만큼 커 보이는 공간을 어떻게 꾸미고 싶은지 서로 아이디어를 나눈 뒤 작업에 들어갔다. 기본적인 페인트와 바닥 시공은 우리 손으로 하고, 목공 작업부터 소목장님 목공 팀이 진행하게 됐다.

1 인테리어 기초 공사

깨끗한 편이었지만 기존에 임시로 설치되어 있던 벽들을 모두 없애야 했다. 벽들은 우리 둘이 직접 철거했고 페인트 가게에서 만난 작업자분과 함께 페인트 작업까지 마감했다. 바닥은 고민이 많았지만 모두 단가가 너무 높아 결국 데코 타일로 진행했는데 지금까지도 굉장히 만족스럽다. 항상 하고 싶은 인테리어는 결정 직전 단가의 벽에 부딪히면 포기하게 된다. 카페를 운영했을 때 인테리어에 대한 교훈을 톡톡히 얻은 덕이다. 그래서 우리는 인테리어에 있어서는 항상 합리적으로 결정하려고 노력한다.

2 목공 팀 합류

소목장님의 디자인과 우리가 원하는 몇몇 요소들을 적용하기 위해 작업자분들이 오셨다. 능력자인 소목장님이 우리와 함께 작업을 해준다는 자체가 큰 힘이 됐다. 목공 팀과 우리는 식사를 같이 하고 커피도 마시며 함께 일을 해 나갔다. 다들 꼼꼼하게 정성껏 작업해주신 덕분에 결과물은 훌륭하게 잘 나왔다. 우리 손을 거쳐 조금씩 완성되가는 공간을 보며 뿌듯했고, 인테리어가 다 완성되기도 전의 홍대 수바코 3호점이 벌써 마음에 들었다.

3 인테리어 집기와 디자인

우리가 가지고 있던 빈티지 가구와 소목장님이 제작해주신 가구들. 다양한 소품들까지 위치를 이리저리 배치해보면서 지금의 새로운 수바코 3호점이 완성됐다.

푸른솔
푸른솔

현장에서 함께 점심을 먹고 소소한 대화를 나누며,

잠깐의 여유를 부리던 꿀 같던 시간.

타일 작업을 하면서 모두 모여 아이디어를 모으던 순간.

갑자기 공사 도중 천장에서 물이 새 모두들 깜짝 놀랐는데,

위층의 주방 문제여서 가슴을 쓸어내렸던 순간.

카운터 작업을 마치고 너무 예쁘다고

모두들 모여서 사진 찍고 손뼉 치던 순간.

어느 한순간도 잊을 수 없을 만큼 소중했던 작업 과정이

새로운 홍대 수바코 3호점에 모두 녹아있다.

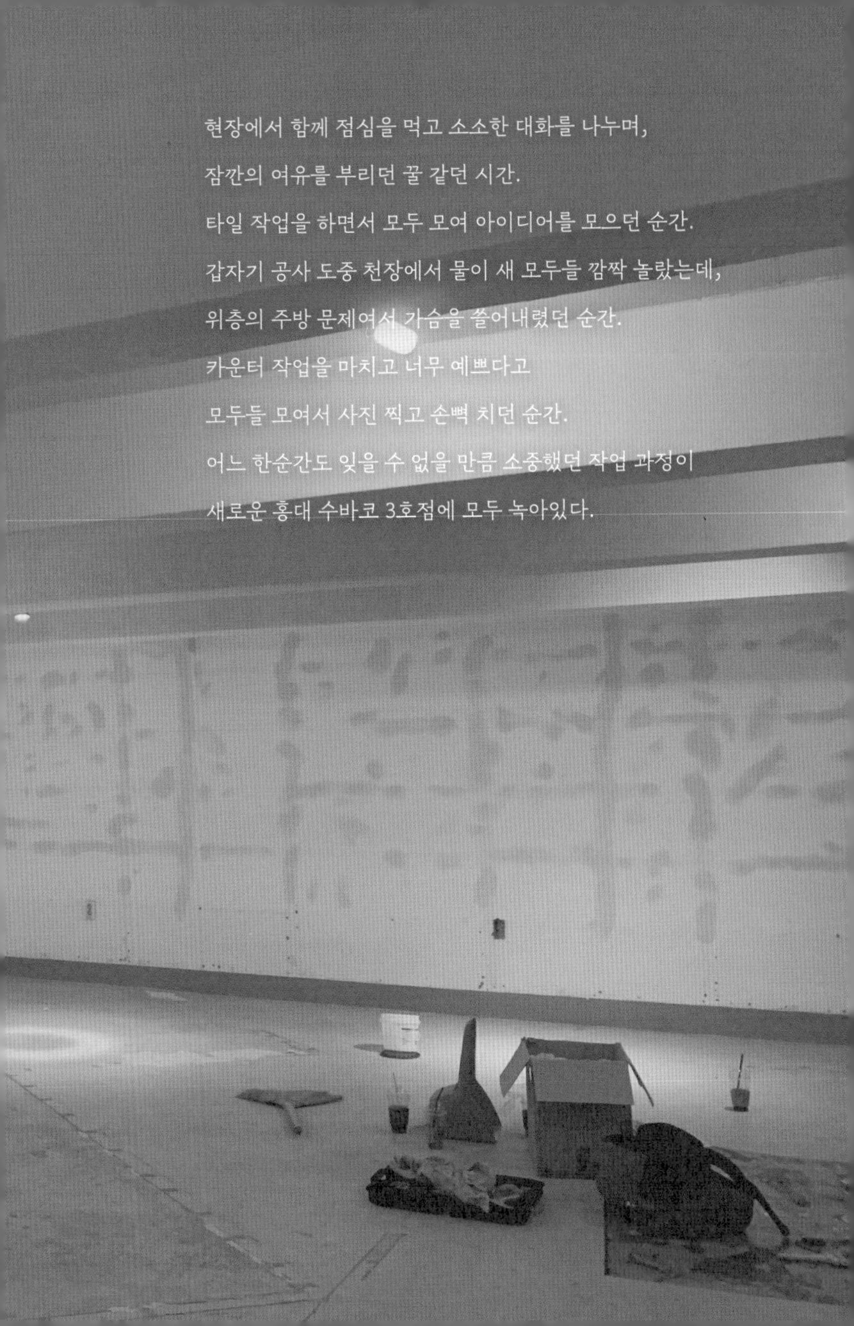

ガムはロッテ
セロテープ
CT-15DRY
資生堂歯刷子

수바코,
수바코 그리고
수바코

SUBACO

홍대에 수바코 3호점이 생기면서 매장마다 어떤 차이점이 있는지 물어보시는 분들이 많다. 명확한 차이를 둔다기보다 3개의 수바코를 통해 좀 더 다양하고 많은 물건들을 선보이려고 한다. 기준이 있다면 1호점은 빈티지 제품들이 중심이고, 2호점은 일러스트 작가님들의 작품이 중심이다. 가장 규모가 큰 3호점은 이 두 매장을 아우른다고 볼 수 있다. 빈티지 제품이 많다 보니 매장마다 똑같은 물건이 있기는 어렵다. 새 제품과 제작 상품들을 골고루 배치하면서 같은 수바코지만 저마다의 개성을 살리려 노력하고 있다. 수바코를 좋아해주시는 분들은 시간을 내 모든 매장을 들러 주신다. 다행히도 이전보다 좀 더 다양해진 지금의 수바코를 좋아해주시는 것 같아 감사한 마음이다.

● 망원 수바코 1호점

수바코의 작은 시작점. 이 8평의 작은 가게에서 모든 게 시작됐다. 두 명이 들어가기에도 좁은 이 가게에서 복작복작 정말 많은 일을 했다. 망원 수바코 1호점만 운영할 때는 작은 공간에 어떤 걸 들여올지 바코와 나, 둘이서 고민하곤 했었다. 소소하게 운영했던 지난 날들에 대한 아련함 때문인지, 그 시절 수바코 1호점의 추억은 오래 기억에 남을 것 같다.

● 망원 수바코 2호점

우연히 지인의 가게를 이어받아 시작하게 된 망원동의 작은 수바코 2호점. 작지만 알찬 수바코다. 1호점에 비해 작기 때문에 공간에 맞춰 가구를 제작하고 깔끔한 느낌으로 꾸몄다.

● 홍대 수바코 3호점

산울림 소극장 쪽의 구 홍대 수바코 3호점을 정리하고 경의선 책거리에 자리 잡은 새 홍대 수바코 3호점! 우리의 많은 물건들을 모두 풀어 놓을 수 있는 넉넉한 공간이다. 고생 끝에 완성한 귀여운 수바코 3호점은 접근성이 좋은 덕분인지 다른 수바코 매장보다 더 많은 분들이 찾아와 주신다. 이 넓고 새로운 공간에 더 다양한 수바코의 이야기들이 채워지길 바란다.

SUBACO
BACO
마스크를 착용해주세요
-SUBACO -

SUBACO
당기세요
당기세요

SUBACO
SUBACO

BACO
SUBACO
BACO
SUBACO CLUB
SUBACO
46

수바코의 음악

작은 가게에서 흘러나오는 귀여운 노래. 종종 수바코에서 흘러나오는 노래를 궁금해하는 분들이 있다. 망원 1호점 오픈 후, 우리는 수바코의 감성이 담긴 노래들을 하나하나 모아 '수바코 뮤직 리스트'를 만들었다. 그 리스트는 인기가 좋아 매장에 틀어 두면 어떤 음악인지 묻는 분들이 정말 많았다. 노래 가수나 제목은 몰라도 귀여운 음악을 선택하는데, 매장에 왔을 때 다른 세계에 온 것 같은 느낌이 들면 더 좋을 거 같아 여러 나라의 음악을 리스트에 추가해 둔다. 어디를 가도 그 매장의 분위기와 배경 음악이 안 맞으면 실망하는 편이기에 매장 음악을 고르는 일을 중요하게 여기게 됐다. 물론 지금은 스태프들이 있어 완벽한 우리 취향의 노래만 틀기는 어렵지만 귀여운 노래를 들으며 귀여운 물건을 구경하는 분위기를 잃고 싶지 않아 틈날 때마다 노래 리스트에도 신경을 쓰고 있다.

EX 45 236
DANSES DE LA FORET NOIRE
R. MOUILLARD
unidi
(P) 1975
EX 45.236
1
DANSES DE LA FORE
Par l'Ensemble die Sch
Volksmusikant
SIMONSWALDER BAUERN
JORGLI-POLKA
Danses de Forêt Noire
LIVRET EXPLICATIF
DU DISQUE
UNIDISC
UD 45 236
LEGENDE
Cavalier ou Garçon .... C. G.
Dame ou Fille .... D. F.
Sens I.A.M. .... sens Inverse des Aiguilles d'une Montre
Sens A.M. .... sens des Aiguilles d'une Montre
Tempa .... Tps.
Mesures .... Mes.
Pied gauche ou Jambe gauche .. P. g. J. g.
Pied droit ou Jambe droite .. P. dr. J. dr.
Couple .... cp.

혼자 마켓

수바코를 오픈하자 마켓에 나가는 일은 점점 줄어들었다.
그런데 습관이 무서운 걸까? 멀쩡한 가게를 놔두고 가게 앞에 혼자 돗자리를 편 채 쓰던 물건을 팔았다. 그 엉뚱한 좌판을 나는 '혼자 마켓'이라 부른다.
여럿이 모인 플리마켓에 참여하는 것도 나름의 즐거움이 있지만 혼자 단출하게 자리를 펼쳐놓고 자유롭게 판매하는 것도 색다른 재미가 있다. 혼자 마켓에선 주로 집에 있는 소장용 장난감이나 옷, 신발 등을 모아 하루 전에 인스타그램에 홍보하고 다음 날 판매하곤 했는데 꽤 반응이 좋았다. 오히려 가게 매출보다 잘 나올 때도 있었다. 그 덕에 집 한편에 쌓여있던 소장품들도 제 주인을 찾아갈 수 있었다.

혼자 마켓을 찾는 사람들이 늘자 친구들도 하나둘 자기 물건을 팔겠다며 가지고 나왔다. 그렇게 혼자 시작한 혼자 마켓이 어느 순간 친구들과 함께 꾸린 우리들의 수바코 마켓이 되어갔다. 마켓이 처음인 친구들도 참여하면서 물건을 사고파는 묘미를 함께 나눌 수 있게 됐다. 그렇게 둘이 모이고 셋이 되면서 친한 브랜드들과 투어를 만들기도 하고, 홍대 부근에서 크게 마켓을 열기도 했다.

그렇다고 플리마켓으로 큰돈을 버는 건 아니다.

모든 장사가 그렇듯 어떤 날은 '왜 나왔을까' 싶을 만큼 안되기도 하고, 어떤 날은 예기치 않게 많은 손님들이 찾아오기도 한다. 또 날씨에 따라 마켓의 운명은 기복이 심하고, 예상하지 못한 문제들도 빈번하게 일어난다. 우리가 아무리 머리를 맞대며 고민하고 예측한다 한들 마켓은 절대 우리가 생각한 대로 진행되지 않는다. 어쩌면 그 예측할 수 없는 즐거움이 우리가 계속 마켓을 여는 이유인지도 모르겠다.

8000
8000

m&m's
VISA
MasterCard
L-1
삽니다

작은 빈티지 친구들
SMALL VINTAGE FIGURES

①

① 빈티지 복각 장난감

② 빈티지 트롤 피규어

③ 노래하는 토끼 피규어

④ 케로케로케로피 피규어

⑤ 헬로키티 친구 티피 피규어

⑥ 헬로키티와 키티 아빠 피규어

⑦ 귀여운 토끼 피규어

③

④

⑤

⑥

⑦

STICKER
MINI STICKER
20円引 30付
全玩規協 東No.172
MINI STICKER
©1984 Kyabetsu

⑧ 빈티지 스티커

©1984 Kyabetsu Batake Ningyo from World Co.,Ltd.
©1984 Kyabetsu Batake Ningyo from World Co.,Ltd.
KOAL
©1984 Kyabetsu Batake Ningyo from World Co.,Ltd.
©1984 Kyabetsu Batake Ningyo from World Co.,Ltd.

12
11
1
10
2
Sunbeam
9
3
8
4
7
6
5

수바코의
하루 일과

매일 똑같은 일상이 반복되지만, 우리의 일이라는 게 정해진 시간에 딱 맞춰진 일과가 있는 것은 아니다. 무엇을 해야 할지 정하는 것 또한 바쁜 일상 속 하나의 스케줄이다. 아침에 눈을 뜨면 가장 먼저 SNS를 통해 밤새 쌓인 문의에 답변을 한다. 예전에는 새벽에 올라온 질문까지 바로바로 답변하느라 자다가 깬 적이 많았는데, 이제는 기상 후에 확인하고 답변하는 편이다. 그 다음은 온라인 사이트에 올라온 문의 사항들을 확인하고 부랴부랴 출근 준비를 하는데, 거래처를 방문할 경우 좀 더 서둘러야 한다.

출근 후엔 SNS나 온라인 사이트에 올릴 새로 들어온 제품들을 촬영한다. 촬영은 오랜 시간 해온 일이라 초스피드로 진행하는데 특별한 디테일이 없는 편이다. 다행히 많은 분들이 우리 스타일을 좋아해주셔서 나름 일관성 있게 유지하고 있다. 그렇게 새로 들어온 제품을 촬영해서 올리면 그에 대한 새로운 문의가 올라오고, 답변 후 주문이 들어오면 택배의 시간이 찾아온다. 송장 정리부터 택배 등록까지 일일이 손으로 진행한다. 좁은 공간에서 손님 대응도 하고, 계산도 하고, 택배도 싸고, 상품 진열에 재고 정리까지 한다. 마치 한 칸짜리 노동 열차에 올라탄 기분이다. 거기서 끝이 아니다. 판매 상황에 따라 거래처에 주문하고, 거래금액을 지불하고, 잔고를 파악한다. 정산이 끝난 다음에는 어떤 제품을 사입하고 또 제작할지를 정한다. 제작하기로 결정했다면 어떤 방법으로 진행할지 고민하기 시작한다. 그러다 보면 어느새 매장 마감 시간이다. 마감 시간이 되면 그래도 마음이 한결 편해진다. 매장 스태프들의 문의 연락이 안 오기 때문이다(스태프들의 연락은 손님 응대 관련 문의가 대부분이라 바로바로 답을 해줘야 한다). 손님 문의만 있는 밤 9시부터는 나름 평화의 시간이다. 수바코의 여가 생활은 그때부터 시작된다. 여가라고 해봤자 늦은 저녁을 먹고 누워서 뒹굴뒹굴하거나 여전히 넘쳐나는 짐을 정리하며 청소를 하는 것이다. 요즘에는 스태프 친구들이 자잘한 업무들을 도와주는 덕분에 수바코가 앞으로 나아갈 방향에 대해 고민하는 시간도 갖는다. 반복적인 일과지만 우리는 수바코와 함께하는 하루하루가 재밌다. 이 재미는 주문이 많으면 많을수록 커지는 것 같다. 아마 모든 장사하는 사람들의 바람이겠지만, 지금보다 수바코를 더 잘 운영하고 싶다. 물론 경영이나 마케팅을 제대로 배우고 시작한 일이 아니기에 우리의 비즈니스가 소꿉놀이처럼 엉성한 부분이 있을지 모르겠다. 외부 시선으로 보면 수바코는 여느 사업장보다 느리고 아날로그 방식에 머물러 있는 조직일 것이다. 물론 우리도 효율적인 시스템을 통해 불필요한 노동을 줄일 수도 있지만, 뭐랄까. 아직은 이 길이 좀 더 우리다운 방식이라 생각해 천천히 나아가고 있다. 물론 더 좋은 운영 방법을 알게 되고, 그 방법이 수바코에 어울린다면 언제든지 받아들일 준비가 돼있다. 하나의 제품을 1,000~2,000개씩 대량으로 판매해야 큰돈을 버는데, 수바코는 정말 작고 소소한 제품들을 다양하게 갖춰놓고 하나씩 팔고 있으니 누가 봐도 큰돈이 되진 않는다는 걸 알 거다. 하지만 지금도 그렇고, 앞으로도 우리는 우리가 행복한 일을 하고 싶다. 우리의 취향을 좋아해주는 사람들과 함께 소소하고 귀여운 우리만의 수바코 클럽을 만들어가는 것이 작은 목표이자 꿈이다.

ヤンマー
コンバイン
HARLEY-DAVIDSON

ローズメリー・クラブ
SNOOPY

THE
CORNER
3D Per 1/4 lb.
Sweets
Shop

수바코의 장점

수바코의 성공 비결(?)을 묻는 분들이 많다. 비결까지는 모르겠고, 수바코의 장점이라면 다음과 같다.

첫 번째는 '행동과 실천'이다. 신중을 다하는 바코의 성격과 막무가내로 일단 몸으로 부딪히는 나와의 시너지에서 오는 장점이라고 생각한다. 둘이 항상 무엇을 할 때, 나는 "하자!"라고 말하고 바코는 "잠깐만!"을 외친다. 물론 나는 이미 하고 있지만 말이다. 거기에 우리의 발이 되어주는 바이크는 기동성까지 높여주는 일등공신이다. 수바코의 바이크는 총 세 대다. 처음 둘이 구입한 바이크는 '베스파'와 '올드 베스파'로 빈티지와 잘 어울리는 바이크였다. 나중에는 작은 짐을 제법 많이 실을 수 있는 '자이로' 세발 바이크까지 들였다. 작은 소품들을 각 매장으로 옮길 때 정말 유용하게 쓰고 있다.

수바코의 두 번째 장점은 판매할 물건을 사입하는 방식이다. 매장 제품을 사입할 때는 완벽하게 우리 취향의 것을 고른다. 그렇게 골라야 안 팔려서 우리가 가져도 기쁘기 때문이다. 그리고 우리가 온전히 고르고 정성을 다해 선택하면 고객들도 우리의 선택을 믿고 구입할 거라 믿는다. 우리가 물건을 고르는 기준은 '독특하지만 한눈에 봤을 때 마음이 끌리는 디자인'이다. 거기에 귀여우면서 실용성 있고, 보기만해도 기분이 좋아지거나, 나름의 스토리를 갖고 있는 제품이라면 꼭 산다.
그리고 손으로 만든 제품, 세상의 하나 밖에 없는 제품들은 존경을 담아 고른다. 특히 희소성에 대한 가치를 존중하기에 하나밖에 없는 물건은 어떻게 해서든 사입해 오는 편이다.

6-1
GPK
SUBACO
함부로

SUBACO
VINTAGE TOY & COLLECTABLES
2
BIKE WEEK
HONDA
GYRO X

PLZ !
DONT TOUCH !
サンリオカーニバル

좋아하는 일을 한다는 것

‘좋아하는 일을 하면서 살 수 있을까?’, ‘좋아하는 일도 하며 성공도 할 수 있을까?’ 라는 고민 속에 망원 수바코 1호점을 열었다.

우리는 단지 우리가 행복할 수 있고, 하고 싶은 일을 하면서 산다는 것만으로도 작은 성공을 이룬 것이라고 생각하기에 일단 저질렀다.

그렇게 소소한 마음으로 시작했던 우리는 어느덧 홍대 수바코 3호점까지 오픈했다.

좋아하는 일을 하기 위해선 어려운 일이 따른다는 걸 알고 있음에도 사업을 하면서 어쩔 수 없이 겪어야 하는 슬픈 일들은 셀 수 없을 정도로 많았다. 어떤 때는 유연하게 넘어가며 받아들여지는 일도 있고, 어떤 때는 도저히 그게 안돼 속상해 한 적도 있다. 하지만 그 속상했던 순간들도 돌아보면 경험이 되고 또 다른 에피소드가 되어 우릴 즐겁게 해줬다. 이상하게도 수바코를 하면서부터는 작은 순간순간마다 행복을 느꼈다. 우리가 언제까지 매장을 운영할 수 있을지도 모르기에 마냥 안심할 수 있는 상황도 아닌데 말이다. 이런 상황에서 우리가 할 수 있는 건 조급한 마음을 버리고 천천히 가겠다는 마음을 먹는 것말곤 할 수 있는 게 없다. 빈티지를 좋아하는 우리는 기다리는 것, 꾸준히 오래하는 것만큼은 자신 있다. 길게 보고 오래가고 싶은 우리의 마음이 앞으로도 지금처럼 이어질 수 있길 바란다.

CLUB
SuBaCo

수바코 사무실

재고는 쌓여가고, 새 제품을 들여오는 건 멈출 수 없다.
온라인 편집숍 입점까지 겹치니 늘어난 업무 파트와 창고 기능까지 가능한 사무실이 필요해졌다. 처음엔 작은 월세방을 구해 사무실로 사용했다. 그러나 얼마 안돼 월세방 건물이 리모델링에 들어가 새로운 사무실을 다시 찾아야 했다. 당시 수바코 굿즈로 반팔 티셔츠와 맨투맨을 제작했는데 부피가 꽤 커서 더 넓은 곳이 필요해 집 근처에 위치한 큰 평수의 사무실을 얻었다.
월세가 부담되기는 했지만 그 부담스러움이 우리를 매일 사무실로 이끄는 힘이 될 거라 생각했고, 넓은 사무실 공간은 어떻게든 활용하면 될 일이었다.
사무실을 계약한 다음 날 바로 인테리어 작업에 들어갔다.
목수인 아빠를 모셔와 파티션을 나누는 것부터 시작했다.

가구는 모두 소장품과 수집했던 것들로 채웠고, 아껴왔던 조명들을 하나씩 달고 보니 제법 근사한 공간이 탄생했다.
제품 촬영과 창고 공간으로만 사용하기에는 아깝다는 생각이 들어 친구들과 함께 '수바코 오피스 마켓 바겐세일'을 열었다. 작은 마켓이었지만 생각보다 많은 분들이 찾아주셨다.
마치 사무실 오픈과 우리의 귀여운 사업을 응원하는 다독임처럼 느껴져 마켓을 마치고 다시 새로운 힘을 얻었다.

GALANZ

KEROPPI
HAAN

LG
INVERTER V

Peace
Peace
Peace
Peace

반갑지 않은 손님

수바코에는 반갑지 않은 손님이 있다. 바로 날씨다.

날씨가 안 좋으면 일단 손님들의 방문이 줄어든다. 모든 장사가 그렇듯이 날씨의 영향은 피해 가긴 힘들다. 거기다 비가 오는 날이면 나도 모르게 한숨이 나온다. 세월이 묻어있는 제품들은 습기에 취약해서 비가 오면 신경을 바싹 써야 하기 때문이다. 비가 너무 많이 온 날에는 수바코 1호점의 바닥에 물이 차기도 했고, 구 수바코 3호점은 마당에 계곡이 흐르기도 했다. 지금 생각해보면 아무것도 아닌 일들이 그때는 큰일처럼 다가왔었다. 하지만 지금은 모든 일에 덤덤하다. 담벼락에서 쏟아지는 폭포 같은 빗물을 온몸으로 맞으며 지붕에 올라가 막혀있는 배수구를 뚫기도 하고, 밤새 비가 많이 온다는 예보가 있는 날에는 구멍 뚫린 천장으로 비가 들이칠까 걱정돼

비닐을 매장 전체에 다 덮고 가기도 했다. 비가 오는데 미처 대비를 못한 날은 새벽에 매장으로 나가 대비를 했던 적도 있다.
마지막으로 사업을 하면서 알게 된 반갑지 않은 손님이 하나 더 있다. 바로 세금. 사업하기 전까지만 해도 자세히 알고 싶지 않은 부분이었는데, 세금과 관련된 일로 호되게 한번 당한 후부터는 전문가가 될 수밖에 없었다.
이 반갑지 않은 손님들을 잘 대비하기 위해 우린 여전히 긴장의 끈을 놓지 않고 있다. 귀엽고 좋아하는 일만 하고 싶던 우리에게도 하고 싶지 않은 어려움은 항상 생겨난다.

귀여움을 파는 마음

수바코를 찾아주시는 손님들의 취향은 우리 취향과 비슷하다.
다이어리 꾸미기를 좋아하고, 인테리어용으로 빈티지 컵을 사며,
포장에도 관심이 많아 다양한 종이나 마스킹 테이프를 모은다.
꼭 필요해서라기보다 보기만 해도 기분 좋은 귀여운 물건들을
사는 분들이다.
같은 취향의 사람들을 만나는 것도 좋지만, 우리가 고른 물건들을
사고, 또 그게 잘 쓰이는 모습을 보면 뿌듯함을 느낀다. 그래서
손님들에게 더 다양한 물건들을 보여드리고 싶은 게 우리 마음이다.
그러다 보니 매장 관리는 여전히 정신없고 답이 안 보인다.
하지만 그 번잡스러움도 수바코의 매력이라고 생각한다.

矢サイダー・バヤリース オレンヂ
ドラえもん

DENTAL floss
DENTAL floss
white bear

귀여운 곰돌이들
CUTE BEARS

세상의 모든 곰돌이들은 모두 다른 매력으로 사랑스럽다.
보고만 있어도 마음이 평온해진다.

① 곰돌이 전화기

② 곰돌이 스푼&포크

③ 레인보우 곰돌이 인형

3

④ 웬디스 햄버거 증정용 곰돌이 인형

매일귀여움
GAL
HERSHEY TRANSIT CO
Fisher-Price
SUBACO

Wendy's
OLD FASHIONED
HAMBURGERS
FURSKINS® bears.
Wendy's
OLD FASHIONED
HAMBURGERS

⑤ 런던 여행에서 데려온 곰돌이 인형

⑥ 맥도날드 25주년 기념 ty곰돌이 인형

⑤

6

PATCH
PATCH

귀여운 것들과 작별하는 법

카운터 쪽 진열품들은 대부분 판매하지 않는 우리의 소장품들이다. 물건을 구입하던 그때의 기분과 상황, 가격들을 기억하고 싶어서 가격표도 떼지 않고 그대로 보관하는 편이다. 빈티지 옷의 경우도 마찬가지다. 세탁기로 아끼는 니트를 빨았다가 잔뜩 줄어버린 가슴 아픈 기억 때문에 평소에 관리를 꼼꼼하게 하고 세탁은 되도록 피하는 편이다. 오래되면 오래된 대로, 낡아 보이면 낡아 보이는 그대로의 상태가 좋아서 옷감이 상하거나 줄 것 같은 위험은 무릅쓰지 않는다. 내 손이 탄 물건을 소중히 여기는 건 어렸을 때도 마찬가지였다. 가족들이 내 물건을 쓰다가 망가뜨리거나 잃어버리면 심하게 다투곤 했다. 남들이 보기에 물건에 대한 집착으로 보일 수 있겠지만, 이건 물건에 대한 단순한 소유욕 때문이 아니라 내 물건에 담겨있는 추억, 마음, 그때의 기분 같은 것들을 최대한 소중하게 보관하고 싶은 마음 때문이다. 아무리 물건을 잘 보관한다고 해도 가끔 어쩔 수 없는 일들이 생긴다.
그중 가장 마음이 아픈 건 물건이 파손되는 경우인데, 깨졌다는 건 원상복구가 안 된다는 의미이기 때문이다. 해외 배송 중에 깨져버린 컵이 바로 그런 경우다. 예전에는 물건이 깨지거나 망가질 때마다 슬퍼했지만 이제는 금방 잊으려고 노력한다. 다른 귀여운 것들을 보면서 말이다. 상처받은 마음을 귀여움으로 치유하면 생각보다 상처는 금방 아물고 속상했던 순간은 잊을 수 있게 된다.
우리가 물건을 대하는 방식은 사람을 만나고 작별하는 것과 다름없다. 아무리 소중한 것이라도 시간이 지나면 우리를 떠나지만, 그래도 그 시간을 최대한 늦추고 싶은 마음이다.

SWEET FRUITS
©1990
©1990
SWEET FRUITS
M NO:CJ-8002
©1990
©1990

2000

パン
FOR ME
コーヒー
SUBACO

수바코의
첫 제작 상품,
핀 배지

수바코를 오픈하기 전부터 귀여운 소품들을 직접 만들곤 했다. 작은 브랜드를 만들어 직접 만든 제품을 마켓에 가지고 나가 판매를 해보기도 했다. 처음 제작한 상품은 '핀 배지'다. 빈티지 핀 배지를 워낙 좋아하는 내 취향을 반영해 제작해보기로 했다. 그때는 핀 배지가 유행하기 전이었는데 제작하고 났더니 반응이 생각보다 좋아서 신기하기도 했고, 주변에서도 제작 업체를 많이 물어봐서 핀 배지 인기를 실감하기도 했다. 그 이후 핀 배지 아이템 자체가 인기가 많아지면서 우리가 만든 핀 배지도 계속해서 제작을 하게 됐다. 당시는 수바코도 열기 전이라 마켓에서 자주 판매했는데 아주 반응이 좋았다. 핀 배지에 꽂혀서 어느덧 다양한 종류의 핀 배지를 만들자, 우리 제품을 모아주시는 분들도 생겨났다. 마켓이나 온라인에서만 판매하다 그 당시 가방만 전문적으로 판매하는 편집숍에 핀 배지는 어떠냐며 입점 제안도 해보았다. 당연히 거절될 거라 생각했는데 우리의 제안을 받아주셔서 핀 배지로 입점도 해보게 됐다. 핀 배지 제작 성공 이후 수바코를 오픈하게 되면서 더 다양한 제품들을 제작했다. 지금 돌이켜 보면 앞뒤 재지 않고 뛰어들었던 첫 제작 경험이었다.

HOTEL.
SUBACO.
VINTAGE TOY &
COLLECTABLES,SEOUL.
201
DROP IN ANY MAILBOX
WE
GUARNTEE
POSTAGE
HOTEL.
SUBACO.
VINTAGE TOY &
COLLECTABLES,SEOUL.
201
DROP IN ANY MAILBOX
WE
GUARNTEE
POSTAGE
HOTEL.
SUBACO.
VINTAGE TOY &
COLLECTABLES,SEOUL.
201
DROP IN ANY MAILBOX
WE
GUARNTEE
POSTAGE
HOTEL.
SUBACO.
VINTAGE TOY &
COLLECTABLES,SEOUL.
201
HOTEL.
SUBACO.
VINTAGE TOY &
COLLECTABLES,SEOUL.
201
DROP IN ANY MAILBOX
WE
GUARNTEE
POSTAGE
HOTEL.
SUBACO.
VINTAGE TOY &
COLLECTABLES,SEOUL.
201

수바코가 만든 작고 귀여운 물건

핀 배지가 인기를 끌면서 우리는 수바코를 연 뒤 그때그때 생각나거나 재밌을 것 같은 귀여운 제작 제품들을 만들기로 했다. 그중 핸드폰 케이스는 소량 제작에 최적화된 경우라 다양한 디자인들을 만들며 재미있는 작업을 할 수 있었다. 마침 동네 친구가 핸드폰 케이스 제작 업체를 해서 지인 찬스를 통해 제작도 생각보다 쉽게 이어졌다. 제작 주문 형태로 주문자의 이니셜을 새겨 판매하거나 그림 작가들과 컬래버로 그림 원본을 받아 우리가 직접 핸드폰 케이스를 제작해보기도 했다. 그 외에도 수바코의 빈티지 감성을 담은 귀여운 제품들을 꾸준히 제작했는데 우리의 제작 제품들에 꾸준히 관심을 가져주는 분들이 생겼고, 생각했던 것보다 사람들이 더 좋아해줘서 제작 상품을 만드는 재미에 빠졌다. 더 많은 분들에게 수바코와 수바코의 제작 상품들을 알리고 싶은 마음에 1년에 한 번은 페어 같은 곳에 나가서 가게 홍보도 하고, 제작 상품을 판매하면서 그 비중을 점차 키워나갔다.

SUBACO
CLUB

SUBACO
ICE
いちにち
コーヒー

スバコ
WORK GOOD – SUBACO COMPANY
鮑 あわび

수바코
베스트셀러

몇 년 전 여름에 열리는 페어에 나가기 전에 제작 상품을 구상하던 중이었다. 여름에 잘 쓸 수 있는 제품은 어떤 걸지 고민하다 반팔 티와 유리컵을 제작하기로 결정했다(정말 그때그때 생각나는 걸 만든다). 당장 움직여 반팔 티를 위한 디자인을 하고 샘플을 제작해줄 업체부터 찾았다. 급한 일정에 맞춰 진행한 만큼 가격은 좀 높았지만 당장 기한을 맞춰줄 업체에 제작을 맡겼고, 페어에서 선보인 반팔 티는 하루 만에 몇 가지 디자인이 품절될 정도로 많은 사랑을 받았다. 함께 진행한 컵도 모두 완판이었다.

당시 페어에 참여한 브랜드들 중 반팔 티나 컵과 잘 어울리는 귀여운 일러스트를 판매하는 데가 없었던 게 인기의 비결이었다.

하지만 이 에피소드는 해피 엔딩이 될 순 없었다.

제작 단가가 엄청 높은 티셔츠를 말도 안 되게 싸게 판 거다.

그렇게 발품을 팔고 여름날 땀을 뻘뻘 흘리며 고생한 건 생각도 못하고 마진을 따질 줄 몰라 남지도 않는 장사를 한 셈이 됐다. 하지만 이 페어를 통해서 우리가 확실하게 배운 게 있다. 마진도 마진이지만, 우리의 작업 방식에 확신을 얻었다. 우리는 제작할 아이템을 먼저 선별해 그에 맞는 그림을 그린다면, 페어에 참여한 다른 브랜드들은 자신의 캐릭터를 홍보하고 돋보일 제품을 제작했다. 정답이 있는 건 아니지만 우리는 그들과 방향성이 분명 다른데, 그들과 같은 방식을 선택했다면 이날과 같은 결과를 얻지 못했을 것이다. 더 뿌듯했던 건 우리가 다양한 상품들을 시도한 이후 그 페어에서 상품군들이 다양해졌다는 평을 들었다는 거다. 물론 수바코가 페어에서 처음부터 잘됐던 건 아니다. 다른 브랜드와 다른 출발점을 가질 수 있었던 건 그동안 수없이 많이 참여했던 마켓, 그리고 페어에 나가 간신히 부스 대여 비용만 벌고온 나날 덕분이다.

WORK GOOD –

수바코의
속도

반팔 티가 완판된 후에도 찾는 분들이 꾸준히 있어서 반팔 티는 수바코의 효자 제작 상품이 됐다. 계절이 추워지면서 제작 품목은 반팔 티에서 맨투맨 티로 변경됐다. 흔한 맨투맨 티보다는 우리가 원하는 핏으로 제작하고 싶어서 직접 디자인과 제작, 나염까지 하게 됐다. 다행히 맨투맨 티도 반응이 아주 좋아 옷 제작에 재미를 느끼게 됐다. 여기에 잠옷을 제작하는 지인의 회사에서 우리의 디자인으로 잠옷을 제작하는 좋은 기회도 갖게 됐다. 유리컵도 여름 페어 이후로 꾸준히 잘나가는 인기 상품이다.
자체 제작 상품이 다양해지니 여러 곳에서 입점 문의가 들어왔고, '텐바이텐10x10'에도 입점하게 됐다. 이 이후에도 다양한 곳에 조금씩 입점하며 가끔 해외에서 들어오는 대량 주문을 처리하기도 한다. 아직 미비하지만 그렇게 하나하나 해나가고 있다.

우리는 수바코를 더 잘 키워오기 위해 거창한 계획을 세운다기보다 우리가 재미있어하고 좋아하는 일을 한다는 마음을 가지고 상황의 흐름에 맞춰 흘러왔다. 그러면서 고민을 하며 주저하기보다는 일단 행동으로 옮기려 했다. 생각에 그치지 않고 일단 움직여야 그에 대한 움직임들로 인해 반응이 생긴다. 또 그 반응들에 맞춰 우리 방식대로 계속 움직이다 보니 지금의 수바코가 됐다. 이렇게 얘기하면 우리가 굉장한 행동파에 대범해 보이지만 아직도 생각이 많은 우리가 스스로도 답답할 지경이다. 하지만 지금으로선 즐기며 최선을 다하고 있다고 위로하고 싶다. 더욱 열심히 행동하려고 노력한다면 좋은 성과가 있을 거라고 생각한다.

HOTEL.
SUBACO.
VINTAGE TOY & COLLECTABLES.SEOUL
201
WORK GOOD - SUBACO COMPANY
수바코 엽서
2장/1000원
SUBACO CLUB
Trick
OR
Treat!
SUBACO
VINTAGE TOYS & COLLECTABLES
SEOUL
302
SUBACO
SUBACO

수바코
캐릭터들

パン

수바코를 운영하면서 자체 제작 상품들이 하나하나 늘어갔다. 그중에 수바코를 대체할 캐릭터가 있으면 좋겠다는 생각에 수바코의 캐릭터들을 하나씩 만들어보기로 했다.

● 수바코 곰돌이

수바코가 1, 2, 3호점을 열면서 세 마리의 곰돌이를 그렸다. 1호점, 2호점, 3호점을 형상화한 세 마리의 곰돌이다. 이름은 아직 없고, 각각의 캐릭터를 부여해서 만들었다. 수바코의 새로운 곰돌이 캐릭터는 입점하는 곳 어디든 인기 만점이었다. 특히 '곰돌이 2020 달력'은 완판되기도 했다.

첫 수바코 캐릭터가 많은 사랑을 받은 덕분에, 앞으로도 더 다양하고 귀여운 제품들을 만들 수 있는 큰 힘이 됐다.

● 바코&코코

수바코 곰돌이에 이어 주인장인 우리들의 캐릭터가 생겼다. 수바코를 좀 더 친근하게 여겼으면 하는 바람에서 주인장의 매력을 담은 캐릭터를 만들었다. '바코'와 '코코'는 우리의 평소 모습처럼 바이크를 타지만 현실과 다른 점이 있다면 이 둘은 귀엽고 즐거운 얼굴로 소풍을 다닌다는 거다. 앞으로 바코와 코코의 다양한 이야기를 담은 귀여운 제품들을 만들어 나갈 계획이다.

수바코 제작 상품
MADE BY SUBACO

HOTEL.
SUBACO.
VINTAGE TOY &
COLLECTABLES,SEOUL.
201
DROP IN ANY MAILBOX
WE
GUARNTEE
POSTAGE
SUBACO.
VINTAGE TOYS
&
COLLECTABLES,
SEOUL.
110

① 키링

② 수바코 캐릭터 라벨

③ 수바코 곰돌이 스티커

④ 수바코 곰돌이 다이어리

②

③

④

⑤ 수바코 곰돌이 머그컵

⑥ 수바코 곰돌이 유리잔

⑤

6

SUBACO
CLUB
WORK GOOD · SUBACO COMPANY
HAPPY BIRTHDAY
HBD
SUBACO
CLUB
SUBACO

SUBACO
CLUB
WORK GOOD COMPANY

SUBACO
BACO
SUBACO CLUB
BACO
SUBACO
SUBACO
BACO
SUBACO
7

⑦ 바코&코코 엽서

⑧ 바코&코코 키링

⑧

⑨ 바코&코코 스티커

⑩ 바코&코코 다이어리

⑪ 바코&코코 그립톡

⑨

⑩

⑪

SUBACO
BACO
SUBACO
BACO
SUBACO CLUB
BACO & COCO
SUBACO CLUB
BACO
SUBACO
BACO
SUBACO CLUB

BACO & COCO
BACO
SUBACO CLUB
SUBACO
KEYRING
SUBACO

CHAPTER 2

수바코와 친구들

SUBACO & FRIENDS

リスのプラスチック
スバコ

수바코를 좋아하는 귀여운 손님들

우리가 매일 만나는 건 귀여운 제품들만이 아니다. 수바코에 관심을 보이는 귀여운 손님들도 매일, 새롭게 만난다. 손님들과 가장 빠르고 친밀하게 만나는 방법은 SNS다. SNS로 올라온 질문에는 가능한 한 빨리, 정확하게 답변하려고 한다. 매번 성실하고 친절하게 답하고 싶지만 가끔 영혼 없이 답변한다는 얘기를 듣기도 한다. 여기엔 어쩔 수 없는, 매우 현실적인 이유가 있다. 대부분의 질문에 혼자 답변하기 때문이다. 가끔은 답변을 적다 손님이 찾아오거나, 계산을 해야 하는 등 정신없는 상황 때문에 미처 답변을 다하지 못하고 대화가 멈추기도 한다. 뒤늦게 알고 바로 사과드리면 감사하게도 대부분 이해해주신다. 수바코의 고객들은 정말 놀랍도록 모두 착하고 좋은 분들이다. 아무래도 귀여운 것들을 좋아하는 분들이라 그런 것 같다. 3개의 매장으로 운영하면서부터는 스태프 친구들과 분담하여 답변하고 있다. 작게 변화하는 모습을 손님들이 알 수 없겠지만 수바코를 이용하는 데에 불편이 없도록 효율적으로 운영하기 위해 노력하고 있다. 우리도 이 변화가 신기하고 재밌다. 많은 손님들을 대하다 보면 100분의 손님이 '좋아요'를 눌러주셔도, 단 한 분의 손님이 비수를 꽂기도 한다. 가끔 지나치다 싶은 손님들이 있으면 어떻게 대하냐는 질문을 받곤 하는데, 일단 불만이 생긴 부분은 그 자리에서 해결하고 마무리한다. 그렇게 해결이 된다면 그 일은 더이상 문제가 되지 않는다. 물론 종종 황당한 경우도 있지만 그럴 땐 그냥 마음 아파하는 게 전부다. 우리가 할 수 있는 건 아무 것도 없으니 가급적 빨리 잊으려고 노력한다.

다행인 건 수바코 전에도 카페를 하며 수년간 손님을 대해봐서인지 어지간한 일에는 크게 놀라지 않는다는 것이다. 우리가 손님 모두를 만족시킬 수 없다는 것도 잘 알고 있기에 적당한 거리와 친절함을 제공하려 한다. 매일 새로운 손님을 만나는 우리가 할 수 있는 건, 그저 모든 분들께 감사하는 마음으로 노력하는 것뿐이다. 수바코가 오래 자리를 지킬 수 있는 건 수바코를 찾아준 손님들이 있기 때문이다.

かがくのとも 10

June
sato

スヌーピー学習帳
さんすう

ゆびわと
ペンダント
氷
すばこ

수바코와 함께한 친구들

수바코에는 정말 다양한 손님들이 찾아왔다.
그중에는 한국으로 여행 온 외국인들도 많았는데, 그들에게 한국의 소규모 브랜드도 소개하고 싶었다. 우리가 여행을 다니며 다른 나라의 작가들을 알아가고 또 좋아했던 것처럼 말이다.
문득 떠올랐던 이 생각은 소규모 형태로 작업하는 작가들의 제품들을 수바코에 입점시키는 계기가 됐다. 그래서 수바코에는 저마다의 색깔이 뚜렷한 재미있고 센스 넘치는 작가들의 제품이 가득하다. 수바코 입점 작가들은 나와 적어도 한 번쯤은 플리마켓에서 돈독한 정을 나눈 이들인데, 수바코를 해오면서 발견한 묘한 공통점 하나는 작가들과 본인의 작품이 무척 닮았다는 사실이다.
예전보다 소규모 작가들에 대한 관심이 많아진 덕분에

그들과 함께 무언가를 제작할 수 있는 기회가 많이 생겼다. 거기에 다양한 곳에서 크고 작은 마켓들이 열리면서 자주 보는 얼굴들도 늘어났다. 함께 얼굴을 맞댈 일이 많아지면서 작은 브랜드들이 뭉치면 힘이 된다는 걸 경험하게 됐다.
특히 이 귀여운 협업은 거래처나 제작소, 유통사까지 함께 공유할 때 더욱 빛을 발했다. 진행하면서 발생하는 고충을 나누고 나면 더없이 든든한 사업 파트너가 생긴 기분이었다.
지금 이 순간에도 수바코는 작은 브랜드들과 함께하고 있다. 내가 엄선한 작가들의 제품을 손님들이 좋아해주시는 걸 보면 보람을 느낀다. 그들이 만들어준 귀여운 아이템을 귀여운 손님들에게 보여줄 수 있는 수바코라는 공간이 꽤나 감사하다. 앞으로도 서로에게 기댈 수 있는 어깨, 그리고 나아갈 다리가 되어주면 좋겠다.

● 리코더팩토리

수바코를 시작하기 전, 카페를 운영하던 시절의 이야기다.
어느 날 카페에 특별한 손님이 찾아왔다.
카페가 귀엽다는 이야기를 시작으로 작은 마켓을 여는 것 같아 찾아왔다며 당당하게 자기 제품을 카페에서 팔아도 되냐고 물었다.
"뭐지?" 하는 당혹감도 잠시, 손님이 건넨 귀여운 작품에 호기심이 생겨 선뜻 그들의 제품을 카페에서 판매하게 됐다.
그렇게 시작된 인연이 지금까지 이어지고 있다.
고생하던 시절을 공유한 사이인 만큼 지금은 더더욱 서로의 고충을 잘 이해하는 관계가 됐다.
우리 모두 첫걸음을 내딛는 초보였지만 지금은 많이 성장해 자신만의 브랜드를 만들어 나가고 있는 상황이 신기하기도 하고, 뿌듯하기도 하다.

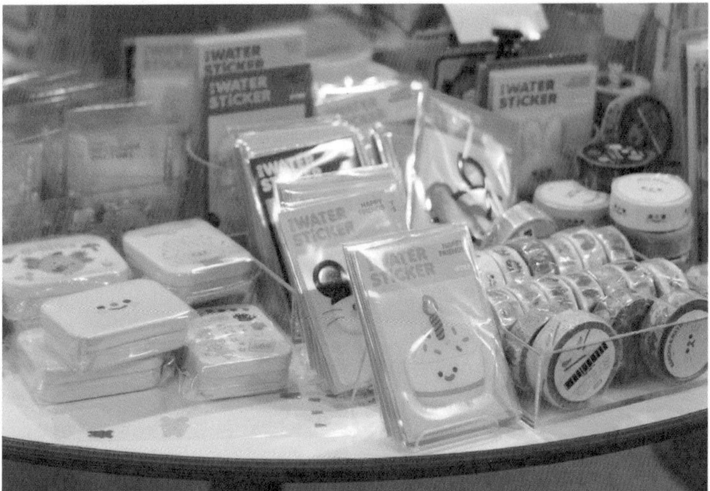
WATER
STICKER

● 봄사무소

좋은 작품이나 멋진 제품을 발견하면 먼저 작가에게 입점을 제안하기도 한다. 봄사무소가 그런 첫 번째 경우였는데, 카페를 운영하며 플리마켓을 전전하던 때 만난 인연이다. 손으로 만든 작고 귀여운 작업물에 반해 팬심으로 카페에서 팔고 싶다고 입점을 먼저 제안했다.
'입점'이란 단어의 뜻도 잘 모르던 풋내기들의 만남이 이렇게 오랜 기간 서로에게 큰 힘이 될 줄 그때는 몰랐다.
그렇게 오랜 시간 알아가며 함께 페어도 나가고 힘든 일이 있을 때는 서로 이끌어주며 우정을 쌓았다.
봄사무소의 따뜻한 그림은 언제 보아도 기분 좋다.
봄사무소는 우리가 수바코를 오픈할 때마다 우리의 모습을 그림으로 담아주는데, 가장 아끼는 선물 중 하나다.

SUBACO
スバコ
BOSS
Happy Birthday

행복하세요!
대박나세요!
감사합니다
행복하세요!
축하합니다!!
콩그레이츄레이션
대박나세요!
할수있다!!
수고하셨습니다
사랑합니다♥
망극하옵니다

보시고 제발
제자리에~
놔주시면
감사합니다
와르르르 사과들
과일바구니
I like ♡ pencil
friend
seismosaurus

SUBACO
MINI STICKER
スヌーピー学

RVICE
Pizz

Buddy

오래된 친구들

언제나 내 곁을 지켜주는 친구 바코. 어린 시절 인연으로 지금까지 함께하는 친구다. 서로 비슷하면서도 너무 다른 덕분에 무슨 일을 하든 함께하면 시너지가 났고, 일도 같이 해야겠다는 생각이 들었다. 그래서 취업 준비 중이었던 바코를 붙잡아 사업을 시작했다. 사업이 안되면 안되는 대로 잘되면 잘되는 대로 우리는 언제나 함께했다. 우리의 결혼식 날짜는 기억하기 쉽게 수바코 1호점을 오픈한 날로 맞췄다.
우리는 서로에게 일어난 모든 일들을 공유하며 함께 행복해하기도, 때때로 닥치는 시련에 서로를 안고 엉엉 울다 밤새 이야기를 나누며 서로를 위로해주기도 한다. 물론 사이가 항상 좋을 순 없다. 다만 심하게 싸우고도 금세 풀려 서로 좋다고 웃는 게 우리다. 바코는 착하고 사랑스럽고 귀엽지만 조금은 답답하고 바보 같은

친구다. 하지만 그래서 좋다. 한동네에 살면서 초등학교 6학년 때 같은 반으로 처음 만나 20대 때부터 함께한 지 12년째. 그런 바코가 내 옆에 있어서 다행이고, 앞으로도 함께 할 수 있어 행복하다.

나의 오랜 친구 에스더.
어린 시절 한동네에 살았던 우리는 같은 학교를 다니며 친해졌다. 그림 그리는 것과, 작고 귀여운 것들을 좋아하는 우리는 아직까지 서로의 소소한 일상을 공유하는 가장 친한 친구다. 에스더는 여행을 다니면서 사진 찍는 걸 좋아하는데, 그 사진들을 우리만 보기 아쉬운 마음에 엽서로 만들어 수바코에서 판매하자고 설득했다. 다행히 반응이 좋아 그 친구도 나도 서로 만족스러워하고 있다. 이번 책에도 에스더가 사진 작업을 맡아 함께했다.
바코와 에스더는 내가 아는 사람들 중 마음이 깨끗하고 순수하고 평화로운 사람들이다. 그래서 셋이 함께 여행을 가면 너무 즐겁다. 비록 에스더는 싸우는 바코와 나를 말리느라 정신없지만 말이다.

지금의 수바코를 있게 해준 또다른 친구들도 있다.

처음 장난감 세계에 발을 들였을 때 만난 인연으로 장난감처럼 귀여운 마음을 가진 언니가 있다. 언니와 수많은 마켓을 함께하면서 수바코를 오픈할 용기가 생겼다. 뿐만 아니라 빈티지를 좋아하며 만나게 된 여러 사장님들. 다정한 그분들 덕분에 다양한 빈티지 제품들을 알게 됐다.

또 마켓에서는 비슷한 취향의 작가 친구들을 많이 만났는데, 그 인연이 수바코까지 이어져 그들의 제품을 다양하게 입점할 수 있었다. 이들과 함께한 수많은 날들이 쌓이고 쌓여 오늘날의 수바코가 됐다. 새삼스레 그들에게 감사인사를 전하고 싶다.

キャンペーン実施中
MY ROOM IS MY CASTLE!

수바코와
스태프 친구들

수바코를 처음 열었을 땐 바코와 나 단둘이 가게를 지켰다.
물건을 구매하거나 거래처에 볼일이 있으면 오픈하기 전에
가야 했고, 온라인 작업은 마감 후에야 가능했다.
그래도 그땐 매장이 하나뿐이어서 우리끼리 어느 정도 여유롭게
운영할 수 있었다. 그러나 한 달 새 수바코 2호점을 오픈하게
되면서 함께 일할 사람이 필요해졌다.
운 좋게도 우리는 정말 좋은 사람들을 수바코의 스태프로 맞았고,
지금까지 오래도록 그 인연을 이어오고 있다.
수바코 3호점을 오픈하면서 수바코 식구들은 더 많아졌다.
손이 많아지니 좋은 점도 늘어났다. 각 매장으로 물건을 나누는
일은 스태프 친구들이 맡아서 하고 우리는 주로 배달을 담당했다.
이제는 스태프들과 친구처럼 편해져 그들에게 수바코를 맡겨도

마음이 편하다. 생각해보면, 우리 곁엔 늘 좋은 사람들이 있었다.

지금 우리 곁에 수바코를 지키는 귀엽고 착한 스태프들이 있는 것처럼 말이다.

우리와 정말 오랜 시간 알고 지낸 첫 번째 스태프 친구는 수바코 이전 카페에서도 우리의 첫 스태프가 되어준 친구였는데, 어쩌다 보니 수바코까지 인연이 이어지고 있다.

마음도 여리고 작업 속도도 느긋하지만 우리와 함께 해온 시간만큼 개인적으로도 항상 잘 되길 응원한다.

함께 해 온 시간이 오래된 만큼 마음속 깊은 이야기를 편하게 나눌 수 있는 고마운 친구기도 하다.

두 번째로 귀여운 걸 좋아하고 야무지게 일도 잘하는 홍대 스태프.

지인이 스태프가 된 케이스로 구 홍대 수바코 3호점의 오픈 멤버다.

폭풍우같던 시기를 함께 헤치고 와서인지 전우(?) 같은 느낌이다.

이제는 업무에서도 베테랑이 되어 든든한 수바코의 지킴이가 다 됐다.

이 친구들과 앞으로도 쭉 함께하고 싶지만 그들이 원한다면 우리는 언제라도 보내줄 마음의 준비를 하고 있다.

이 둘 외에도 언급은 다 못했지만 정말 고마운 인연들이 오래도록 수바코와 함께 해주고 있다. 다른 스태프들 또한 수바코를 좋아하는 마음이 항상 느껴져 고마운 마음이다. 최근에는 디자이너가 수바코의 새 식구가 되었다. 정말 생각지도 못하게 디자인 능력자가 들어와 마음이 든든하다. 큰 프로젝트 하나를 같이 하다 보니 손발이 너무 잘 맞아 평생 가고 싶다는 생각이 들 정도다.
이렇게 적다 보니 정말 우리는 인복이 타고난 거 같다. 오랫동안 수바코와 함께하는 친구들이 대부분인 수바코는 오늘도 평화롭다.

4
sato

o Kitty
ネット

11

スタンプ

취향을
공유한다는 것

우리의 취향을 아는 친구들은 우연히 우리가 좋아하는 것을 발견하면 고맙게도 사다주곤 한다. 마루코를 좋아하니까, 사토짱을 좋아하니까, 빈티지를 좋아하니까. 귀여운 선물엔 이유도 여러 가지다. 매년 생일이면 친한 언니가 모양이 다른 빈티지 스누피 턴테이블 미니어처를 선물해준다. 댄은 빈티지 보석함과, 함께 간 브뤼셀 서점에서 사고 싶던 그림책을 선물해주었다.
세이코는 우리의 기념일마다 선물을 소포로 보내준다. 그렇게 자의 반 타의 반, 수집 품목은 오늘도 늘어만 간다. 우리를 생각해 주는 친구들의 마음까지 담겨있기에 더없이 소중한 물건들이다.

DAISY
오시영 작가님
(@oh_si_young)

₩6,000
矢印を合わせてから、コインを入れて
ハンドルをまわしてください。
コイン
NYA!
Jelly Belly

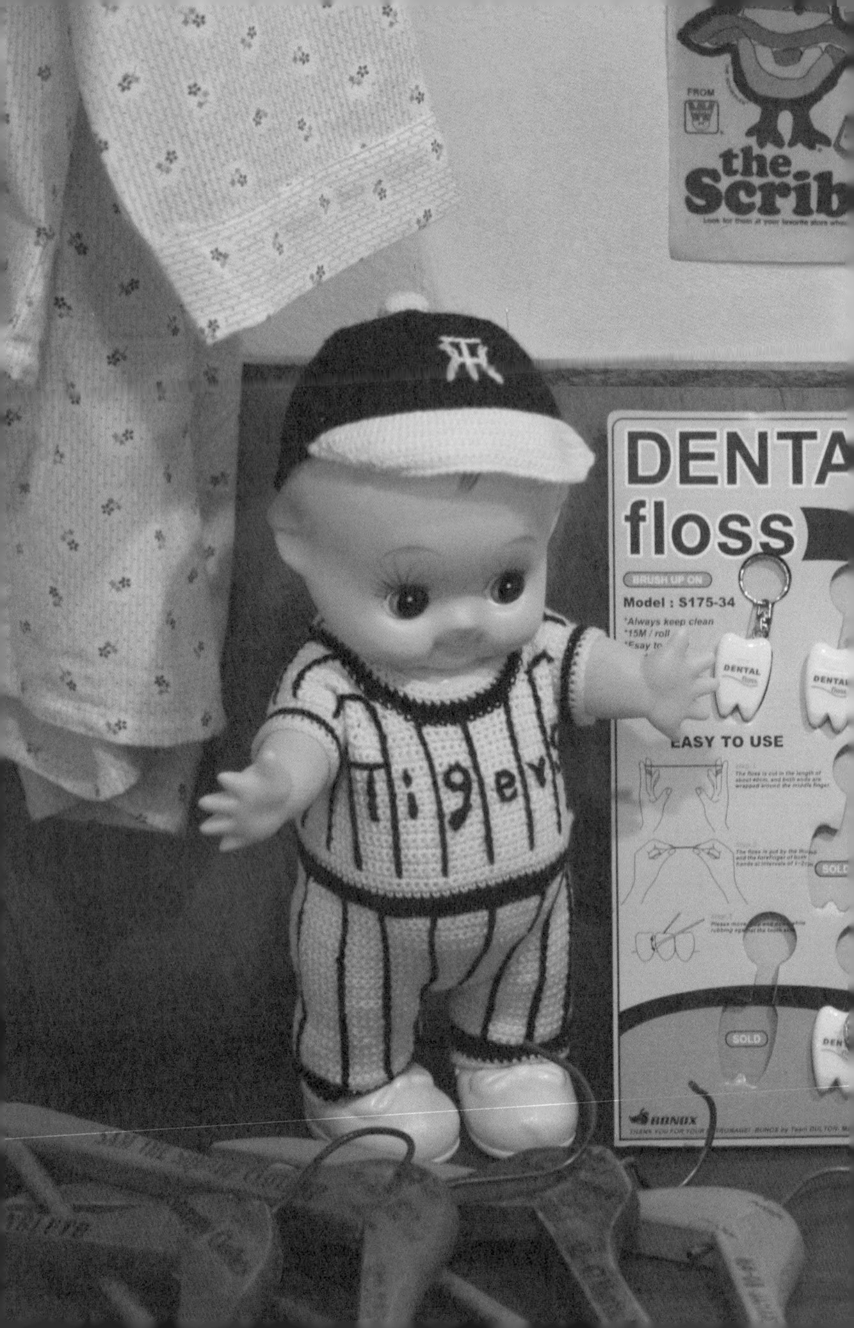
FROM
the
Scrib
DENTA
floss
BRUSH UP ON
Model : S175-34
*Always keep clean
*15M / roll
DENTAL
EASY TO USE
SOLD
BONOX

BUGS BUNNY
TWEETY & SYLVESTER
ROAD RUNNER
PINK PANTHER
You can't
BEAT THIS OFFER!
oui
DENTAL
BONOX
CUTE
BEAR

수집 : 모으는 것, 모으는 일

수집의 사전적 의미는 이렇다.

'취미나 연구를 위하여 여러 가지

물건이나 재료를 찾아 모음.'

버리는 게 미덕이고,

비니멀리즘이 트렌드인 요즘 시대에

모으는 것을 좋아하는 나다.

SNOOPY

SATO
Stona

사토짱과
사토코짱

언젠가 일본 여행을 하던 중 작은 약국 앞에 세워져 있던 귀여운 주황색 코끼리를 발견했다. '사토짱Satochan'과의 첫 만남이었다. 우리가 좋아하는 주황색에, 오랜 세월 야외에 세워져 있어 때가 탄 채로 환하게 웃는 모습이 마냥 귀여웠다. 사토짱은 '사토제약' 회사의 캐릭터였다. 약을 먹기 싫어하는 아이들에게 귀여운 사토짱은 분명 힘이 돼주었을 거다. 건강한 사토짱의 취미는 야구, 수영과 같은 스포츠다. 사토짱에게는 여동생 '사토코짱Satokochan'이 있는데, 사토코짱의 취미는 독서라고 한다. 취미까지 확고한 남매 캐릭터라니. 사토와 사토코짱이 더 귀여웠다. 우리는 사토짱 굿즈뿐만 아니라 사토짱이 그려진 핸드크림이나 약 등을 찾아다닐 만큼 사토짱 마니아가 됐다. 당시 국내에서는 사토짱이 거의 알려지지 않은 상태였다.

온라인에서나 작게나마 사토짱 굿즈를 조금씩 파는 곳이 더러 있는 정도였다. 사토짱의 매력에 푹 빠진 우리는 수바코 매장에 다양한 사토짱 제품들을 판매했고 그렇게 국내에도 사토짱이 점점 알려지기 시작했다. 초반에는 사토짱이 수바코에서 만든 캐릭터냐고 묻는 손님들도 많았다. 그러나 점차 수바코를 찾는 손님들이 많아지면서 사토짱 마니아가 생겨날 정도로 많은 사랑을 받았다.

수바코를 시작으로 이제는 여러 소품숍에서 사토짱 제품을 판매하고 있는데, 점점 사토짱이 유명해지는 것을 보니 처음에는 의아하기도, 신기하기도 했다. 이제 많은 사람들이 아는 사토짱이지만, 사토짱은 여전히 우리의 최애 캐릭터다.

sato
sato

FREE
A MELBOURNE WRITERS FESTIVAL
DRAWN
AUG 2011
Richie Rich
STICKERS

sato
17
sato
天才脳はじめてのパズル
PINOCCHIO

STEP
3

사토짱과 사토코짱
SATOCHAN & SATOKOCHAN

①

① 사토짱 피규어

② 사토짱 조명

③ 사토짱 인형

④ 사토짱 칫솔꽂이

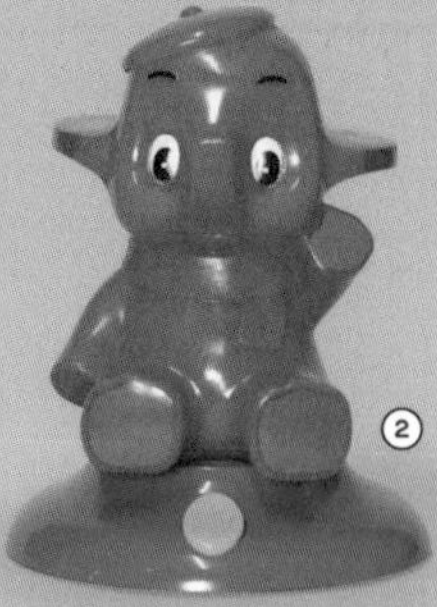

②

③

④

⑤ 1호점 카운터를 지키는 사토코짱 피규어

⑥ 사토코짱 피규어

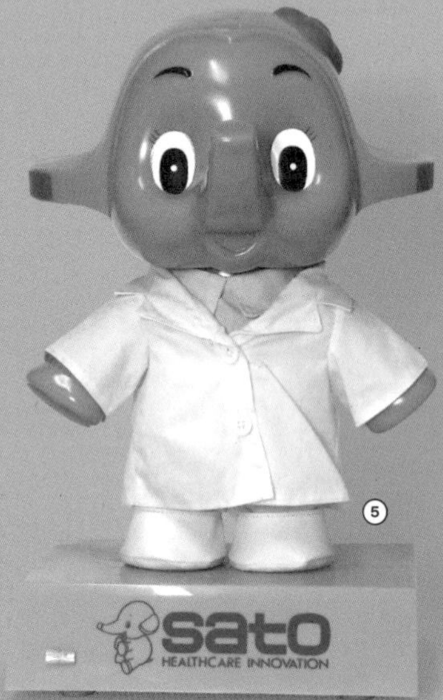

⑤

6

⑦ 귀여운 사토짱들

Satochan

스누피

어릴 적 아빠는 비디오 가게 사장님이셨다.

비디오의 표지를 보는 것이 취미였던 나의 관심사는 주로 애니메이션의 귀여운 표지들이었다. 표지만을 보고 어떤 내용일까 상상하며 귀여운 표지의 애니메이션들을 골라 보곤 했었는데 그때 즐겨봤던 애니메이션 중 하나가 '스누피'였다. 어린 시절뿐만 아니라 어른이 돼서도 스누피는 늘 내 곁에 있었고, 일상 속에 언제나 있는 편안한 친구 같았다.

미국뿐 아니라 전 세계적으로 사랑받는 스누피는 그 유명세가 대단해서 지금까지도 사랑받는 캐릭터다. 스누피의 귀여운 모습은 언제 봐도 웃음이 나는데 스누피뿐 아니라 피너츠 친구들인 '찰리 브라운'과 '루시', '샐리'와 '라이너스', 또 '리디아'도 좋아한다.

한번은 스누피 빈티지 핀 배지를 사는 손님과 스누피 얘기를 한참

나누기도 했다.

초창기의 스누피는 네발로 걸었지만 점점 인기가 많아지면서 직립 보행을 하는 두 발 캐릭터로 바뀐 이야기, 항상 빨간 지붕 위에 올라가 있는 스누피는 사실 폐쇄공포증이라 집 밖에만 생활한다는 이야기, 강아지였을 때 파양된 스누피를 찰리 브라운이 데려왔다는 이야기까지. 스누피 마니아들의 대화는 끝없이 이어졌다.

나는 특히 빈티지한 느낌을 간직한 스누피가 좋아(1950년에 등장한 스누피는 시대별로 그림 스타일이 조금씩 다르다) 장식으로 하나둘 모으기 시작했는데, 특별히 애를 쓰고 모았다기보다 그때그때 여행을 가거나 눈에 띄는 스누피 제품들을 하나씩 사다 보니 방대한 양을 자랑하게 됐다. 지금도 수바코에는 스누피 섹션이 따로 있을 만큼 많은 사람들에게 사랑받는 캐릭터다.

PEANUTS
by Schulz
EXPECTING COMPANY?
a dark
rmy night.
Named
"Brown"

神無月
15
月曜

nald's

스누피
SNOOPY

맥도날드 해피밀 장난감으로 스누피가 자주 등장하는데,
시리즈별로 모아 수바코에 진열해둔다. 진열된 스누피를 보고
구매가 가능한지 묻는 분들이 많아져 가끔 하나씩 판매하기도 한다.

①

① ②

스누피 해피밀 피규어

②

③ 스누피 오르골 장난감

④ 스누피 해피밀 피규어

③

4

3
2019
3
1月
pretz

빈티지를
좋아하는 이유

빈티지는 여행 중 우연히 발견한 기쁨, 그 장소와 시간에만 만날 수 있는 인연, 오래된 편안함을 주는 적당한 낡음, 비슷한 제품은 있어도 똑같은 물건은 없는 희소성, 오직 하나뿐인 나만의 것을 의미한다. 그래서일까. 자꾸 돌아보게 되고, 한 번씩 마주치면 미소를 짓게 된다. 빈티지 소품이 주는 위안이다.

빈티지는 누구나 느낄 수 있는 어릴 적 낭만과 추억이 담긴 소중한 기억들이다. 그런 아늑한 낭만으로 가득한 수바코만의 빈티지를 위해 오늘도 부지런히 발품을 팔고 있다.

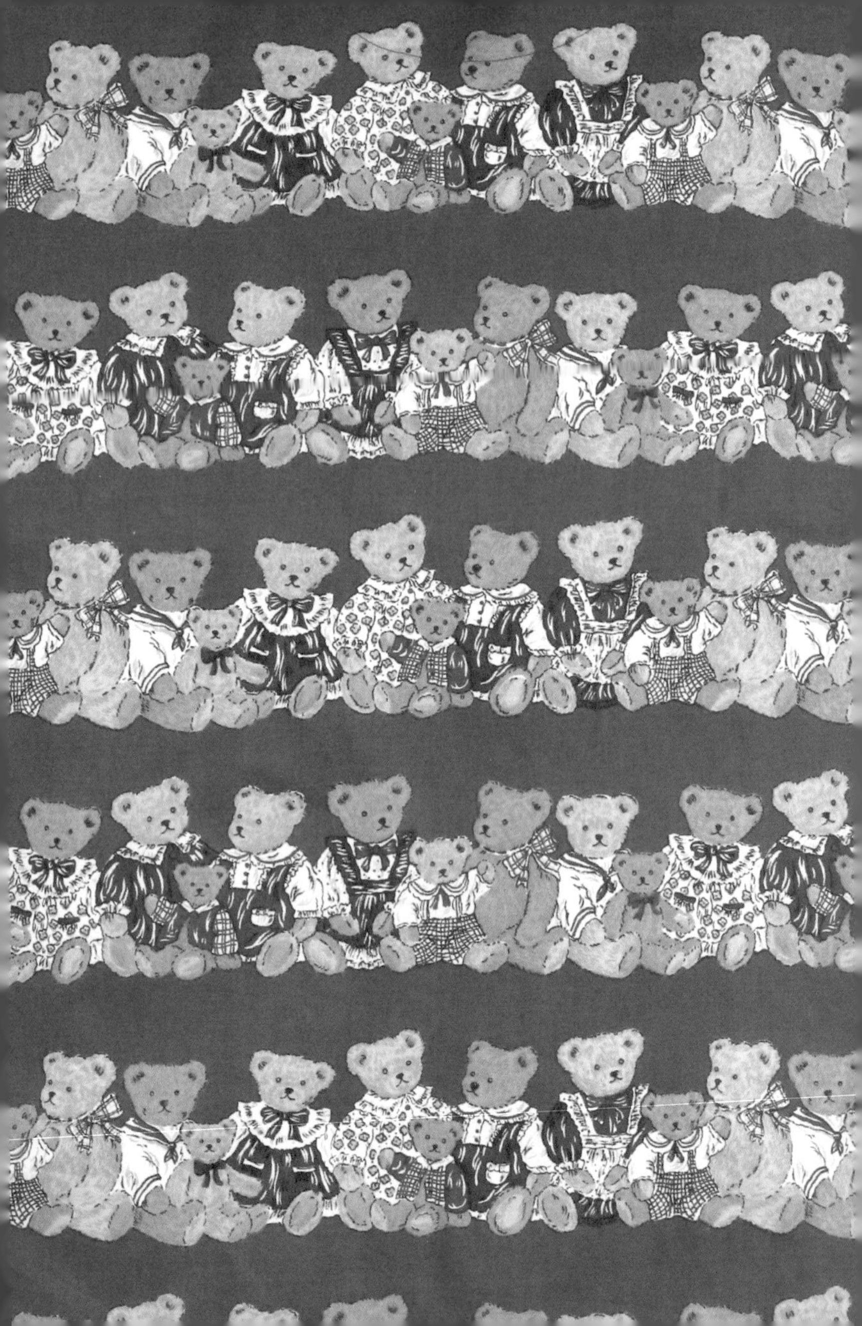

빈티지 조명

언젠가 조명 가게를 지나다 한눈에 봐도 레트로'풍'이 아닌, 정말 오래된 거실 등을 보고 홀린 듯이 가게로 들어간 적이 있다. 전시된 지 한참은 돼 보이는 그 거실 등을 살 수 있냐고 물어봤다.
"학생, 이거 오래된 건데 사서 어디다 쓰려고?"
"그냥 오래된 게 좋아서요."
수바코에는 다양한 색감의 빈티지 조명들이 있다. 특히 우리가 가장 애정하는 색 조합, 초록색과 주황색 조명들이 많은 편이다. 특히 알록달록한 색이 섞여 있거나, 약간은 조악하고 키치한 플라스틱 재질이 매력이다. 조용히 자기 빛을 내는 빈티지 조명들은 수바코 인테리어의 중요한 요소이다.
오랜 시간 하나하나 어렵게 구한 조명들이라서 더욱 애착이 간다. 선반에는 빈티지 스탠드 조명을 올려둔다. '틱' 하고 켜면 어디든 공간의 분위기를 아늑하게 바꿔주는 스탠드. 스탠드의 매력은 공간의 크기와 상관없이 동등하고 소박한 밝기에 있다. 어린 시절, 밤에 천장 등을 끄고 스탠드를 켜면 그 불빛 하나가 공간의 전부가 됐다. 매일 밤 그 불빛 아래에서 조명의 온기를 느끼며 만화책을 읽고, 친구에게 편지를 쓰고, 다이어리를 꾸미고,
인형을 가지고 놀았다. 그 추억 때문인지 스탠드 조명은 나에게 언제나 귀엽고 아늑한 느낌이다. 그렇기에 빈티지 조명은 앞으로도 계속될 나의 위시 리스트다.

PEPSI
Coca-Cola
Coca-Cola
Coca-Cola

GALANZ

miffy
miffy
miffy
miffy
パン

빈티지 원피스

해외여행 중에는 꼭 빈티지숍에 들러 원피스를 구경했다.
500엔, 5유로, 5달러짜리 빈티지 원피스를 발견하면 보물을 찾은 기분이었다. 남들은 보지 못한 나만의 취향이 가득 담긴 원피스, 세상에 하나뿐인 원피스를 저렴한 가격에 득템하고 나면 예쁜 옷에 행운까지 덤으로 받은 느낌이다. 어느 멋진 숍에서는 숍 주인이 직접 정성스레 관리한 빈티지 옷의 역사와 브랜드, 원단에 대한 이야기를 들려주곤 하는데, 그들의 설명을 듣고 나면 빈티지의 매력에 한층 더 깊이 다가간 듯했다.
덕분에 가끔은 빈티지의 가치를 한층 더 끌어올린 빈티지 원피스가 정말 귀하게 느껴진다. 우리는 지금도 무궁무진한 빈티지의 세계를 알아가는 중이다. 여전히 배울 것이 많지만 자연스럽게 알아가려고 한다.

BUTANE PROPA
BUTAGAZ
BUT-CONFORT

① 빈티지 스웨터

② 빈티지 아기 옷

MIKI HOUSE

빈티지 가방

● 빈티지 트렁크

미국 뉴욕으로 빈티지 여행을 떠났었다. 정확한 정보도 없이 어렵게 플리마켓을 찾아갔지만 하필 그날은 문을 닫는 날이었다. 그래도 그 근방이면 좋은 빈티지를 만날 수 있지 않을까 하는 생각에 무모할 정도로 발품을 팔며 구석구석 찾아다녔다. 고생 끝에 큰 차고에서 엄청 많은 셀러들이 모인 빈티지 시장을 발견했다. 탐나는 빈티지 가구들이 많았는데 크기며 무게며, 가구는 도저히 가져올 수가 없어 아쉬운 대로 옷걸이와 가방 몇 개를 사서 돌아왔다. 그곳에서 처음 사게 된 빈티지 트렁크. 가방 안쪽 체크무늬까지 귀여운 이 가방은 단돈 25달러에 구입했다. 심지어 가벼워 플리마켓에 나갈 때마다 진열용으로 잘 사용했다. 우리의 추억이 가득 담긴 이 가방과 오래도록 함께하고 싶다.

빈티지 패브릭 가방

남들에겐 별거 아닌 후줄근한 천 가방으로 보일 수 있지만,
나에겐 사랑스러운 빈티지 패브릭 가방이다.
아마도 소장하고 있는 빈티지 패브릭 가방이 백 개는 족히 넘을 것이다. 석 달 넘게 매일 다른 가방을 들고 다닐 수 있을 정도로 많은 양이지만 분명 각각의 가방이 해내는 몫이 있다.
세월에 바래버린 색과 낡은 원단에는 새 가방에서는 찾을 수 없는 아늑한 감성이 묻어있다. 무엇보다 이국적인 프린트나 일러스트가 그려진 가방들은 내게 오래된 그림 한 폭과도 같다. 남들에겐 정말 별거 아닌 천 가방이지만 나에게는 그냥 가지고만 있어도 든든한 존재들이다.

ferien
spatz
Mach mit
STADT
ESSEN
Jugendamt
Essen.
Großstadt
für Kinder

빈티지 가방들
VINTAGE BAGS

빈티지 제품들은 한꺼번에 대량으로 들어오는 경우가 많다. 그중 내가 제일 먼저 맘에 드는 물건을 가질수 있다는 게 수바코를 하면서 가장 신나는 일이다.

① 귀여운 패브릭 가방

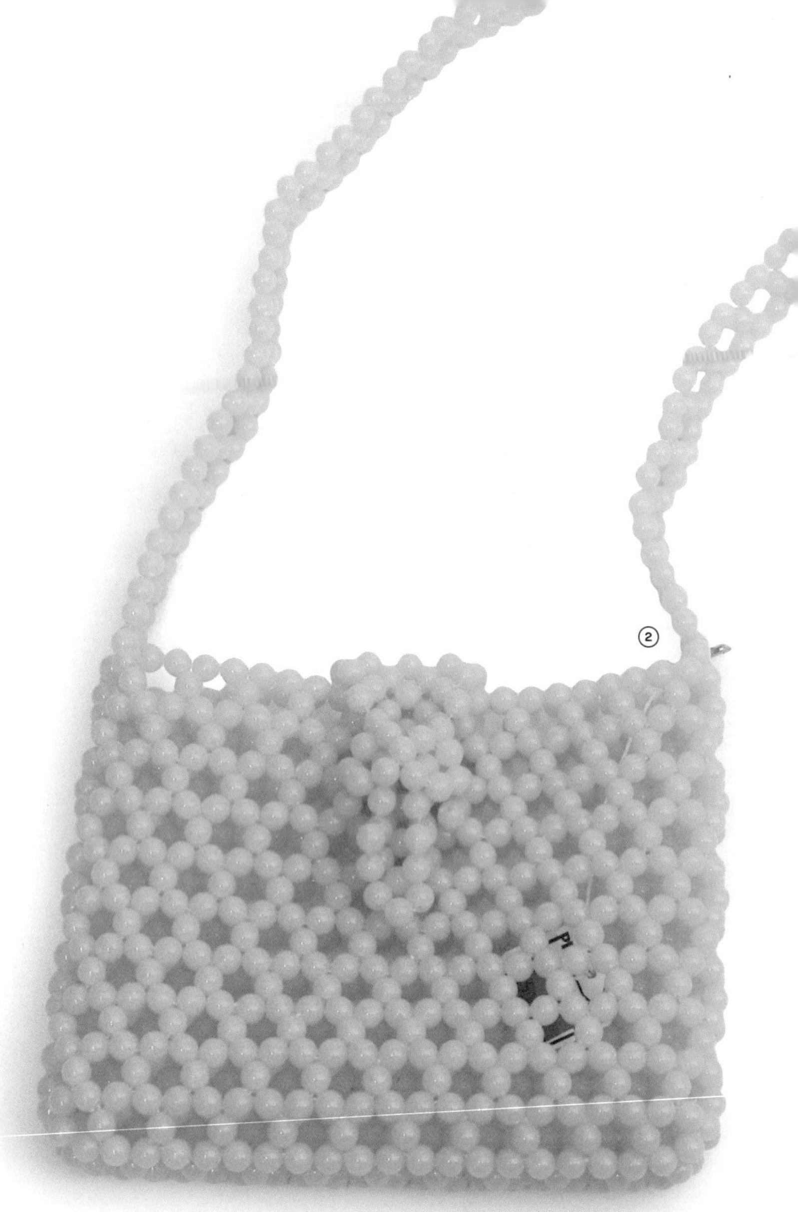

②

② 구슬 가방

③ 마루코 가방

③

④ 귀여운 핀 배지가 있는 청 가방

우리가 제작한 핀 배지들을 모아 둔 가방이다. 모든 플리마켓과 페어에 함께한 낡은 가방에는 우리의 추억이 고스란히 남겨져 있다.

⑤ 산타 곰돌이 패브릭 가방

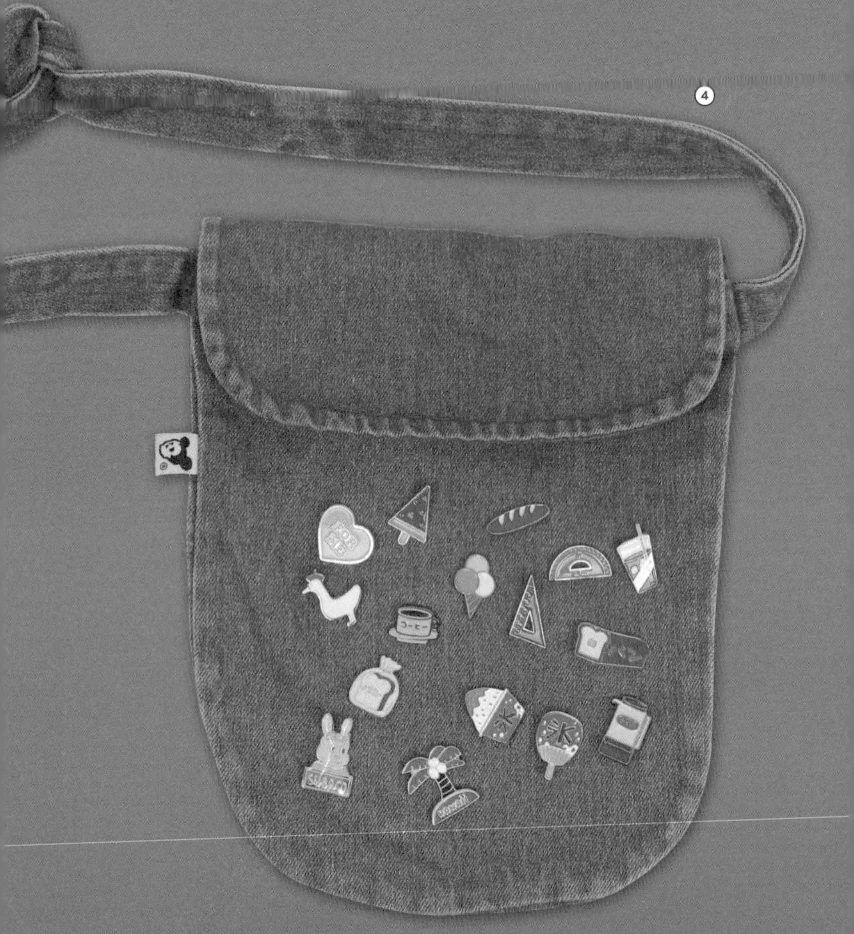

④

5

빈티지 가구

수바코의 얼굴인 묵직한 나무 카운터에는 핸드 페인팅이 그려져 있다.
수바코를 처음 열었을 때 발품을 팔며 구한 귀한 유럽 가구이다.
빈티지 가구 특유의 따스함을 느낄 수 있어 지금도 애착이 간다.
그런가 하면 길에 버려진 가구들도 수바코에 자주 데려온다. 버려진 가구들도 세월을 품은 빈티지 가구라고 생각하기에 그냥 지나칠 수가 없어 아직 쓸 만한지 자연스레 다시 보게 된다. 모두 데려오고 싶지만 그럴 수는 없으니 고심하고 엄선해 가져오는 편이다. 때론 목공 일을 하는 분들에게 제작을 부탁하기도 한다.
빈티지 가구를 좋아하는 취향은 어릴 때부터 이어져온 것 같다.
오래된 주택에서 살았던 어린 시절, 그 집을 떠나던 날 주방 천장과 엄마가 쓰던 커다란 미싱을 이사 갈 집에 그대로 가져가고 싶어했던 걸 보면 말이다.

TENNIS

TIGER
ICE SHAVER

PEANUTS
PEANUTS.

빈티지 소품

● 빈티지 손수건

수바코엔 귀여운 캐릭터들로 가득한 빈티지 손수건들이 많다.
빈티지 손수건은 우리가 생각하는 일반적인 손수건의 용도보다
활용도가 높은데, 미니 액자처럼 벽에 걸어만 놔도
빈티지한 느낌을 손쉽게 낼 수 있다.
빈티지 손수건은 요즘 손수건과 달리 색감에 깊이가 있고
원단 자체 짜임이 달라 튼튼하며, 프린트나 자수 역시
독특한 감성이 살아있다.

my best
friend Bear
Little
friend
BEARS
Bears are Pretty
de l'occident

● 빈티지 담요

소파에 살짝 걸쳐만 놔도 느낌이 나는 빈티지 담요.
빈티지 담요와 패브릭에는 귀여운 패턴들이 다양하다.
지금은 나올 수 없는 그 시절만의 패턴과 원단이 주는 느낌이
정말 좋다. 빈티지 담요들은 손으로 짠 니트 담요들이 많은데,
이 담요들을 보고 있자면 한 번도 본 적 없는 장면이 스르르 떠오른다.
머리가 하얀 할머니들이 따스한 방에 모여 앉아
도란도란 이야기를 나누며 뜨개질을 하는, 그런 평화로운 모습 말이다.
빈티지 담요에는 이런 아름다운 추억이 숨겨져 있을 것 같아
하나하나 더 소중하다.

● 빈티지 옷걸이

수바코엔 숨겨진 예쁜 아이템이 하나 있다.

빈티지 옷이 걸려있는 '옷걸이'가 그 주인공이다.

뉴욕의 빈티지 마켓에서 산 옷걸이들은 모두 나무 재질로

오래된 이발소나 양복점의 이름과 주소 등이 새겨져 있다.

빈티지 옷걸이들은 나무의 특징이 그런 것처럼 오래될수록

반질반질 윤이 나면서 스스로 깊이 있는 색으로 변해간다.

빈티지 옷걸이에는 빈티지 옷이 걸려있어야 서로 그 진가를

발휘한다. 그래서 빈티지 옷 계정에 올릴 사진을 찍을 때면 빈티지

옷걸이에 옷을 걸어 촬영한다.

164-08
D. ROSENBLUTH
B & B LORRYS
SAM THE SQUARE

● 빈티지 머그

미국의 플리마켓에서 산 빈티지 머그.

빈티지의 매력을 가장 잘 간직한 소품이 아닐까 싶다.

오래된 것들의 색감은 오늘날엔 재현하기 어려운

그 시대의 감성이 담겨 있어 발견 그 자체가

수집의 이유가 된다.

● 곰돌이 빙수기

곰돌이 빙수기는 일본 주방 제품 회사의 오래된 아이템으로, 영화 <하와이언 레시피>에 등장하면서 더 유명해졌다. 얼음을 갈면 곰돌이의 눈이 움직이는데, 이 귀여운 모습에 누구도 반하지 않을 수 없을 거다. 특히 민트색 곰돌이 빙수기는 국내에 몇 안될 정도로 희귀한데(제품 뒷면에 부착된 스티커를 보면 일본에서 라이선스를 가져와 한국 금성에서 제작 판매한 것 같다) 우리는 우연히 짐 정리를 하던 친구네 집에서 발견했다. 민트색 빙수기를 시작으로 하나씩 모으던 우리는 현재 곰돌이 빙수기의 모든 색을 수집했다. 곰돌이 빙수기는 오래 전에 단종되어 처음 우리가 구할 때만 해도 꽤 고가였다. 그러다가 복각한 제품이 출시되면서 가격이 저렴해졌다가, 그 복각 제품마저 구하기 어려워지면서 다시 가격이 올라갔다. 구하고 싶어도 못 구하는 것에 대한 열망이 가격을 고무줄처럼 변하게 만든다.

빈티지 시계

빈티지 시계는 근사한 겉모습에 반해 사와도 작동 안되는 것이 대부분이다. 물론 고치려는 노력은 하지만 태엽을 고쳐오면 시침이 말썽이고, 지난주에 고쳐오면 이번 주에 또 고장 나는 식이다. 그래도 향수를 부르는 빈티지 시계는 바라보는 것만으로도 매력적이다. 수바코에 걸어둔 빈티지 시계를 판매하는지 물어보는 손님도 계시지만, 작동이 안 되는 제품을 팔 수는 없기에 소장만 하고 있다. 시장에서 오랫동안 시계방을 한 할아버지가 파시던 시계들은 꽤 비싸도 충분히 가치가 있다. 비록 태엽으로 감아야만 작동되는 진짜 시간이 멈춘 시계일지라도.

Kit-Cat®
12
1
2
3
4
5
6
7
8
9
10
11

● 빈티지 앨범

수바코에 있는 빈티지 앨범들은 유럽 여행 중 우연히 들어간 빈티지숍에서 귀여운 커버만 보고 고른 엘피들이다.
음악이나 가수에 대해 잘 모르고 사다 보니 틀었을 때 어떤 음악이 나올지 전혀 모른다. 그래서 노래를 들으려고 하면 설레는 기분까지 드는데, 이 두근거림도 빈티지 엘피의 매력 중 하나라고 생각한다. 커버만 보고 골라온 음반에서 아주 귀여운 노래가 흘러나오면 알 수 없는 희열에 묘한 행복을 느끼며 노래에 맞춰 춤을 추기도 한다.
여행 중 저렴한 가격에 구한 빈티지 엘피의 예상치 못한 귀여움 때문에 어딜 가더라도 빈티지 엘피를 보면 그냥 지나치지 못하는 것 같다.

STEREO
MARIE ROTTROVÁ
VYPRAVUJE POHÁDKY
FRANTIŠKA NEPILA

● 네온 컬러의 빈티지 제품들

간혹 눈이 부실 만큼 쨍한 컬러가 눈에 들어올 때가 있다.
유럽 여행 중 네덜란드의 편집숍에서 사온 빈티지한 인형과
네온 컬러의 단추들이 그랬다.
지루한 일상에 강렬한 재미를 주는 네온 컬러는
기분 전환으로 최고의 아이템이다.

30¢
WALT DISNEY
SCAMP
THE BEAGLE BOYS
30¢
WALT DISNEY
30¢
BULLWINKLE
BULLWINKLE
and ROCKY
HANG ON, SWEE'PEA, HERE IT COMES!
SPACE

● 빈티지 구슬발

수바코에 걸려있는 구슬발은 구매 문의가 쏟아지는 제품 중 하나로 일본 빈티지숍에서 구매해 수바코 매장에 걸어두었다. 어렵게 데려온 보람이 느껴질 만큼 구슬발은 수바코의 가장 귀여운 포인트가 됐다. 손으로 쓰윽 넘기면 구슬들끼리 부딪치면서 내는 소리가 매력적인 구슬발. 이제는 쉽게 찾아보기 힘든 추억의 물건이지만 구슬발의 찰랑대는 소리와 화려한 색감을 기억하는 분들이 여전히 많은 것 같다. 어린 시절 어느 풍경 속 물건이었을 구슬발은 오늘도 수바코를 드리우고 있다.

おおにしたかのぶ
ほうとうひろし
Children's Advertising in the Showa Era 2
広告手帳2
NO.228
ARCHIE
SERIES
LIFE WITH ARCHIE NO.228

ンマー
トラクタ

빈티지 컵들
VINTAGE CUPS

빈티지 컵은 희소성이 생명이다. 세상에 하나뿐인 제품들이라 보이면 반드시 구매하는 편이다. 빈티지 컵의 컬러풀한 프린트와 빈티지한 패턴은 끊임 없이 소장욕구를 자극한다.

①

① ④ 패턴 유리컵

② 케로케로케로피 컵

③ 패턴 유리 빙수컵

②

③

④

⑤ 해바라기 헬로키티 유리컵

⑥ 헬로키티 머그컵

⑦ 헬로키티 앤 미미 머그컵

⑧ 코닥필름 플라스틱 컵

⑤

⑥

⑦

⑧

빈티지 소품들
VINTAGE OBJECTS

① 빈티지 선풍기

② 다양한 자동차 모양의 틴 케이스

③ 토이 엘피 플레이어

②

3

④ ⑤ 귀여운 캐릭터 빙수기

④

TOM
and
JERRY
TIGER
ABL-1000
トムとジェリー
TM and © MGM 1981 All Rights Reserved.

EPILOGUE

『매일 귀여움』을 마무리하고 나니

수바코를 하며 만난 인연과

서로에게 의지하며 함께해온 시간들이 더욱 소중해졌다.

\-

수바코를 기억하고 사랑해주시는 분들,

언제나 따뜻한 격려와 도움을 주는 고마운 지인분들

모두에게 감사하다.

어디로 흘러갈지 예상할 수 없는 인생이지만,

분명한 건 앞으로도 이들과 함께

수바코의 여행은 계속될 거라는 사실이다.

우리는 그 여행 속에서 발견한 귀여운 물건을 열심히 모으며

함께하는 이들에게 낭만과 추억을 선물하고 싶다.

\-

『매일 귀여움』 또한 많은 분들에게

따뜻한 선물로 기억될 수 있기를 바란다.

귀여움 매일

초판 인쇄	2020년 10월 16일
초판 발행	2020년 11월 9일
지은이	수바코
펴낸이	김희연
펴낸곳	에이엠스토리(amStory)
편집	김승윤, 정지혜, 이슬, 황정아
사진	에스더
홍보·마케팅	㈜에이엠피알(amPR)
디자인	이일삼호 www.213ho.com
인쇄	㈜상지사P&B

출판 신고	2010년 1월 29일 제2011-000018호
주소	(100-042) 서울특별시 중구 소파로 129(남산동 2가, 명지빌딩 신관 701호)
전화	(02) 779-6319
팩스	(02) 779-6317
전자우편	amstory11@naver.com
홈페이지	www.amstory.co.kr
ISBN	979-11-85469-16-4